山道長水相连

东风秋艸似苍田

老舍

老舍

读书与做人

老舍 著

四川文艺出版社

图书在版编目（CIP）数据

老舍读书与做人 / 老舍著. -- 成都：四川文艺出

版社，2025.1. -- ISBN 978-7-5411-7095-9

Ⅰ. I266

中国国家版本馆 CIP 数据核字第 2024AP8413 号

LAOSHE DUSHU YU ZUOREN

老舍读书与做人

老舍 著

出 品 人	冯　静
联合出品	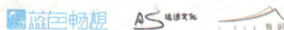
责任编辑	葛雨馨　姚晓华
特约编辑	王　欣
内文设计	李梓祎
插画绘制	姑苏阿焦
封面设计	仙　境
责任印制	孙文超

出版发行	四川文艺出版社(成都市锦江区三色路238号)
网　　址	www.scwys.com
电　　话	010-82372882（发行部）

印　　刷	三河市九洲财鑫印刷有限公司			
成品尺寸	145mm×210mm	开　本	32开	
印　　张	9.5	字　数	190千字	
版　　次	2025年1月第一版	印　次	2025年1月第一次印刷	
书　　号	ISBN 978-7-5411-7095-9			
定　　价	52.00元			

哲人的智慧，加上孩子的天真，或者就能成个好作家了

孤立地读一本作品，我们多半是凭个人的喜恶去评断，自己所喜则捧入云霄，自己所恶则弃如粪土。事实上，这未必正确。

创作！不要浮浅，不要投机，不计利害。活的文学，以生命为根，真实作干，开着爱美之花。

你要准备下那最高的思想与最深的感情，好长出文艺的花朵，切不可只在文字上用工夫，以文字为神符。文字不过是文艺的工具。一把好锯并不能使人变为好木匠。

你须把受委屈当作生活，而从委屈中咂摸出一点甜味来。

真愿成为诗人，把一切好听好看的字都浸在自己的心血里，像杜鹃似的啼出北平的俊伟。

文学的真实，是真实受了文学炼洗的；文学家怎样利用真实比是不是真实还要紧。在文字上不下一番工夫，作品便不会高贵。

文学家的态度是细细看问题，然后去指导。没有问题，文学便渐成了消闲解闷之品。

世界上必有那么一天，人类把忙从工作中赶出去，大家都晓得，都觉得，工作的快乐，而越忙越高兴；懒还不仅是一种羞耻，而是根本就受不了的。

以我自己说，思想是比习惯容易变动的。每读一本书，听一套议论，甚至看一回电影，都能使我的脑子转一下。脑子的转法是像螺丝钉，虽然是转，却也往前进。所以，每转一回，思想不仅变动，而且多少有点进步。

有了思想，你才会知道文字不仅是字与字的联缀，而是逻辑的推断。胡涂的句子是胡涂人的声音。

目录

第一章

你须把受委屈当作生活，而从委屈中呷摸出一点甜味来

第二章

才华是刀刃，辛苦是磨刀石，再锋利的刀刃，若日久不磨，也会生锈

第三章

真正幽默的心灵，绝不抱定一个角度去看人或看自己

第四章

一辈子很短，
要么有趣，要么老去

第五章

看生命，领略生命，
解释生命，你的作品才有生命

第六章

生活是种律动，须有光有影，
有左有右，有晴有雨

第一章

你须把受委屈当作生活，而从委屈中咂摸出一点甜味来

我的母亲

母亲的娘家是在北平德胜门外，土城儿外边，通大钟寺的大路上的一个小村里。村里一共有四五家人家，都姓马。大家都种点不十分肥美的地，但是与我同辈的兄弟们，也有当兵的，作木匠的，作泥水匠的，和当巡警的。他们虽然是农家，却养不起牛马，人手不够的时候，妇女便也须下地作活。

对于姥姥家，我只知道上述的一点。外公外婆是什么样子，我就不知道了，因为他们早已去世。至于更远的族系与家史，就更不晓得了；穷人只能顾眼前的衣食，没有工夫谈论什么过去的光荣；"家谱"这字眼，我在幼年就根本没有听说过。

母亲生在农家，所以勤俭诚实，身体也好。这一点事实却极重要，因为假若我没有这样的一位母亲，我之为我恐怕也就要大大的打个折扣了。

母亲出嫁大概是很早，因为我的大姐现在已是六十多岁的老太婆，而我的大甥女还长我一岁啊。我有三个哥哥，四个姐姐，但能长大成人的，只有大姐，二姐，三姐，三哥与我。我是"老"儿子。生我的时候，母亲已有四十一岁，大姐二姐已都出了阁。

由大姐与二姐所嫁入的家庭来推断，在我生下之前，我的家里，大概还马马虎虎的过得去。那时候定婚讲究门当户对，而大姐丈是作小官的，二姐丈也开过一间酒馆，他们都是相当体面的人。

可是，我，我给家庭带来了不幸：我生下来，母亲晕过去半夜，才睁眼看见她的老儿子——感谢大姐，把我揣在怀中，致未冻死。

一岁半，我把父亲"剋"死了。

兄不到十岁，三姐十二三岁，我才一岁半，全仗母亲独力抚养了。父亲的寡姐跟我们一块儿住，她吸鸦片，她喜摸纸牌，她的脾气极坏。为我们的衣食，母亲要给人家洗衣服，缝补或裁缝衣裳。在我的记忆中，她的手终年是鲜红微肿的。白天，她洗衣服，洗一两大绿瓦盆。她作事永远丝毫也不敷衍，就是屠户们送来的黑如铁的布袜，她也给洗得雪白。晚间，她与三姐抱着一盏油灯，还要缝补衣服，一直到半夜。她终年没有休息，可是在忙碌中她还把院子屋中收拾得清清爽爽。桌椅都是旧的，柜门的铜活久已残缺不全，可是她的手老使破桌面上没有尘土，残破的铜活发着光。院中，父亲遗留下的几盆石榴与夹竹桃，永远会得到应有的浇灌与爱护，年年夏天开许多花。

哥哥似乎没有同我玩耍过。有时候，他去读书；有时候，他去学徒；有时候，他也去卖花生或樱桃之类的小东西。母亲含着泪把他送走，不到两天，又含着泪接他回来。我不明白这都是什么事，而只觉得与他很生疏。与母亲相依如命的是我与三姐。因此，他们作事，我老在后面跟着。他们浇花，我也张罗着取水；他们扫地，我就撮土……从这里，我学得了爱花，爱清洁，守秩序。这些习惯至今还被我保存着。

有客人来，无论手中怎么窘，母亲也要设法弄一点东西去款待。舅父与表哥们往往是自己掏钱买酒肉食，这使她脸上羞得飞红，可是殷勤的给他们温酒作面，又给她一些喜悦。遇上亲友家中有喜丧事，母亲必把大褂洗得干干净净，亲自去贺吊——份礼也许只是两吊小钱。到如今为我的好客的习性，还未全改，尽管生活是这么清苦，因为自幼儿看惯了的事情是不易改掉的。

姑母常闹脾气。她单在鸡蛋里找骨头。她是我家中的阎王。直到我入了中学，她才死去，我可是没有看见母亲反抗过。"没受过婆婆的气，还不受大姑子的吗？命当如此！"母亲在非解释一下不足以平服别人的时候，才这样说。是的，命当如此。母亲活到老，穷到老，辛苦到老，全是命当如此。她最会吃亏。给亲友邻居帮忙，她总跑在前面：她会给婴儿洗三——穷朋友们可以因此少花一笔"请姥姥"钱——她会刮痧，她会给孩子们剃头，她会给少妇们绞脸……凡是她能作的，都有求必应。但是吵嘴打架，永远没有她。她宁吃亏，不逗气。当姑母死去的时候，母亲似乎把一世的委屈都哭了出来，一直哭到坟地。不知道哪里来的一位侄子，声称有承继权，母亲便一声不响，教他搬走那些破桌子烂板凳，而且把姑母养的一只肥母鸡也送给他。

可是，母亲并不软弱，父亲死在庚子闹"拳"的那一年。联军入城，挨家搜索财物鸡鸭，我们被搜两次。母亲拉着哥哥与三姐坐在墙根，等着"鬼子"进门，街门是开着的。"鬼子"进门，一刺刀先把老黄狗刺死，而后入室搜索。他们走后，母亲把破衣箱搬起，才发现了我。假若箱子不空，我早就被压死了。皇上跑了，丈夫死了，鬼子来了，满城是血光火焰，可是母亲不怕，她要在刺刀下，饥荒中，保护着儿女。北平有多少变乱啊，有时候兵变了，街市整条的烧起，火团落在我们院中。有时候内战了，城门紧闭，铺店关门，昼夜响着枪炮。这惊恐，这紧张，再加上一家饮食的筹划，儿女安全的顾虑，岂是一个软弱的老寡妇所能受得起的？可是，在这种时候，母亲的心横起来，她不慌不哭，要从无办法中想出办法来。她的泪会往心中落！这点软而硬的性格，也传给了我。我对一切人与事，都取和平的态度，把吃亏看作当然的。但是，在作人上，我有一定的宗旨与基本的法则，什么事都可将就，而不能超过自己画好的界限。我怕见生人，怕办杂事，怕出头露面；但是到了非我去不可的时候，我便不敢不去，正像我的母亲。从私塾到小学，到中学，我经历过起码有二十位教师吧，其中有给我很大影响的，也有毫无影响的，但是我的真正的教师，把性格传给我的，是我的母亲。母亲并不识字，她给我的是生命的教育。

当我在小学毕了业的时候，亲友一致的愿意我去学手艺，好帮助母亲。我晓得我应当去找饭吃，以减轻母亲的勤劳困苦。可是，我也愿意升学。我偷偷的考入了师范学校——制服，饭食，书籍，宿处，都由学校供给。只有这样，我才敢对母亲说升学的话。入学，要交十圆的保证金。这是一笔巨款！母亲作了半个月的难，把这巨款筹到，而后含泪把我送出门去。她不辞劳苦，只要儿子有出息。当我由师范毕业，而被派为小学校校长，母亲与我都一夜不曾合眼。我只说了句："以后，您可以歇一歇了！"她的回答只有一串串的眼泪。我入学之后，三姐结了婚。母亲对儿女是都一样疼爱的，但是假若她也有点偏爱的话，她应当偏爱三姐，因为自父亲死后，家中一切的事情都是母亲和三姐共同撑持的。三姐是母亲的右手。但是母亲知道这右手必须割去，她不能为自己的便利而耽误了女儿的青春。当花轿来到我们的破门外的时候，母亲的手就和冰一样的凉，脸上没有血色——那是阴历四月，天气很暖。大家都怕她晕过去。可是，她挣扎着，咬着嘴唇，手扶着门框，看花轿徐徐的走去。不久，姑母死了。三姐已出嫁，哥哥不在家，我又住学校，家中只剩母亲自己。她还须自晓至晚的操作，可是终日没人和她说一句话。新年到了，正赶上政府倡用阳历，不许过旧年。除夕，我请了两小时的假。由拥挤不堪的街市回到清炉冷灶的家中。母亲笑了。及至听说我还须回校，她愣住了。半天，她才叹出一口气来。到我该走的时候，她递给我一些花生，"去吧，小子！"街上是那么热闹，我却什么也没看见，泪遮迷了我的眼。今天，泪又遮住了我的眼，又想起当日孤独的过那凄惨的除夕的慈母。可是慈母不会再候盼着我了，她已入了土！

儿女的生命是不依顺着父母所设下的轨道一直前进的，

所以老人总免不了伤心。我二十三岁，母亲要我结了婚，我不要。我请来三姐给我说情，老母含泪点了头。我爱母亲，但是我给了她最大的打击。时代使我成为逆子。二十七岁，我上了英国。为了自己，我给六十多岁的老母以第二次打击。在她七十大寿的那一天，我还远在异域。那天，据姐姐们后来告诉我，老太太只喝了两口酒，很早的便睡下。她想念她的幼子，而不便说出来。

"七七"抗战后，我由济南逃出来。北平又像庚子那年似的被鬼子占据了。可是母亲日夜惦念的幼子却跑西南来。母亲怎样想念我，我可以想像得到，可是我不能回去。每逢接到家信，我总不敢马上拆看，我怕，怕，怕，怕有那不祥的消息。人，即使活到八九十岁，有母亲便可以多少还有点孩子气。失了慈母便像花插在瓶子里，虽然还有色有香，却失去了根。有母亲的人，心里是安定的。我怕，怕，怕家信中带来不好的消息，告诉我已是失了根的花草。

去年一年，我在家信中找不到关于老母的起居情况。我疑虑，害怕。我想像得到，若有不幸，家中念我流亡孤苦，或不忍相告。母亲的生日是在九月，我在八月半写去祝寿的信，算计着会在寿日之前到达。信中嘱咐千万把寿日的详情写来，使我不再疑虑。十二月二十六日，由文化劳军的大会上回来，我接到家信。我不敢拆读，就寝前，我拆开信，母亲已去世一年了！

生命是母亲给我的。我之能长大成人，是母亲的血汗灌养的。我之能成为一个不十分坏的人，是母亲感化的。我的性格，习惯，是母亲传给的。她一世未曾享过一天福，临死还吃的是粗粮。唉！还说什么呢？心痛！心痛！

老姐姐们

离开北京已整整十四年。

回来，北京的宫殿亭园还都照旧，只是人心变了。

当一离开北方，到重庆去的时候，我就预料到与快八十岁的老母难再见面。果然，在抗战中，她死在北京，半年后，我才在重庆得到消息。

这几年，我在各地方乱跑，中心常常想到三位老姐姐。大姐今年七十五，二姐七十，三姐比我大一轮，六十四。我常常问自己：回到家乡，三位姐姐还能活着吗？

归来，她们都还健在！这是使我多么高兴的事！

大姐二姐都不识字。三姐能勉强念通俗的小文。大姐二姐的生活很苦，三姐较好。

我刚由国外回来，虽然天天看报，可是总觉得对国内情形不十分清楚。因此我以为三位姐姐——不识字的与只识一些字的——对于时局也必是马马虎虎，不大知道。我也以为她们必定叫苦连天，不满现状，因为她们的生活是那么苦！

不，她们并没叫苦，七十三岁的老寡妇到处去帮助侄媳妇、外甥媳妇、出了嫁的女儿洗衣服、做鞋、刷家伙洗碗。一天忙到晚她并不抱怨。二姐三姐也如此。

她们知道自己的穷苦劳累，而不辞苦。她们的言语表现不出心中的善意，可是从她们的笑意与眼神中，我可以看出：她们明白这是个新时代，不管这是怎么苦，也比旧的好。她们不能抱怨，那对不起新时代。新时代的人应当劳苦，所以她们一天到晚不赋闲。

大姐曾经享过福，三姐始终没受过挨饿的苦处；她们都喜欢打牌。我问她们现在还摸四圈否？她们都笑着摇摇头，仿佛是说，"你简直不识相，小弟弟！"

她们并没到任何学校去听过课，可是接受了新时代的积极性——不怕苦、不厌劳动。她们没受过警察们的劝告，可是自动的不再打牌。政治的力量推动了北京的曲艺界，去改换脑筋，改编歌曲、改除旧习。政治的力量改造了北京的妓女。政治的力量把北京的五行八作都组织起来。这力量的余波好像也碰到我的姐姐们，她们说不出什么，都感到并接受了那新潮。我希望只是她们还活着能够见面；可是出乎意外，她们不但还活着，而且是劳动着，不辞苦的活着。

侄辈们有的——在这最近二三年中——已成为很进步的工人。他们总是毫不客气的阻止了老婆婆们的谈话，便把自己的意见提出来。在一旁看着，我生怕老婆婆们吃不消而拿出前辈的威严来。可是她们并不那么办。她们好像不肯倚老卖老，反之，岁数已经不是一种法宝，而是应抱歉的什么。她们听取青年人的意见。一个侄女去南下工作，并没受到老姑姑们的阻挠。

以前，她们和我在北京，就从庚子联军侵陷北京说起吧，不知受过多少惊险变乱。但是变乱一定，我们便又顺着生活的老路子走下去。祸乱来了，我们关上大门，祷告神佛保佑。事情过去了，我们便又想起吃炸酱面。

这一次可大大不同了。北京解放后，连老婆婆们的心也变了。她们认识了一些从前向来未有认识过的道理，而且用一种新的道理态度去实行那道理。她们的牙已脱落，衣服很破，吃喝很苦，可是在操劳之外，她们似乎看到尔后有了光明的前途，所以老有那么一点从心里发出的亮光儿。

宗月大师

在我小的时候，我因家贫而身体很弱。我九岁才入学。因家贫体弱，母亲有时候想教我去上学，又怕我受人家的欺侮，更怕交不上学费，所以一直到九岁我还不识一个字。说不定，我会一辈子也得不到读书的机会。因为母亲虽然知道读书的重要，可是每月间三四吊钱的学费，实在让她为难。母亲是最喜脸面的人。她迟疑不决，光阴又不等待着任何人，荒来荒去，我也许就长到十多岁了。一个十多岁的贫而不识字的孩子，很自然的是去作个小买卖——弄个小筐，卖些花生，煮豌豆，或樱桃什么的。要不然就是去学徒。母亲很爱我，但是假若我能去作学徒，或提篮沿街卖樱桃而每天赚几百钱，她或者就不会坚决的反对。穷困比爱心更有力量。

有一天刘大叔偶然的来了。我说"偶然的"，因为他不常来看我们。他是个极富的人，尽管他心中并无贫富之别，可是他的财富使他终日不得闲，几乎没有工夫来看穷朋友。一进门，他看见了我。"孩子几岁了？上学没有？"他问我的母亲。他的声音是那么洪亮（在酒后，他常以学喊俞振庭的《金钱豹》自傲），他的衣服是那么华丽，他的眼是那么亮，他的脸和手是那么白嫩肥胖，使我感到我大概是犯了什么罪。我们的小屋，破桌凳，土炕，几乎禁不住他的声音的震动。等我母亲回答完，刘大叔马上决定："明天早上我来，带他上学，学钱、书籍，大姐你都不必管！"我的心跳起多高，谁知道上学是怎么一回事呢！

　　第二天，我像一条不体面的小狗似的，随着这位阔人去入学。学校是一家改良私塾，在离我的家有半里多地的一座道士庙里。庙不甚大，而充满了各种气味：一进山门先有一股大烟味，紧跟着便是糖精味（有一家熬制糖球糖块的作坊），再往里，是厕所味，与别的臭味。学校是在大殿里。大殿两旁的小屋住着道士，和道士的家眷。大殿里很黑，很冷。神像都用黄布挡着，供桌上摆着孔圣人的牌位。学生都面朝西坐着，一共有三十来人。西墙上有一块黑板——这是"改良"私塾。老师姓李，一位极死板而极有爱心的中年人。刘大叔和李老师"嚷"了一顿，而后教我拜圣人及老师。老师给了我一本《地球韵言》和一本《三字经》。我于是，就变成了学生。

　　自从作了学生以后，我时常的到刘大叔的家中去。他的宅子有两个大院子，院中几十间房屋都是出廊的。院后，还有一座相当大的花园。宅子的左右前后全是他的房屋，若是把那些房子齐齐的排起来，可以占半条大街。此外，他还有几处铺店。每逢我去，他必招呼我吃饭，或给我一些我没有看见过的点心。他绝不以我为一个苦孩子而冷淡我，他是阔大爷，但是他不以富傲人。

在我由私塾转入公立学校去的时候，刘大叔又来帮忙。这时候，他的财产已大半出了手。他是阔大爷，他只懂得花钱，而不知道计算。人们吃他，他甘心教他们吃；人们骗他，他付之一笑。他的财产有一部分是卖掉的，也有一部分是被人骗了去的。他不管；他的笑声照旧是洪亮的。

到我在中学毕业的时候，他已一贫如洗，什么财产也没有了，只剩下那个后花园。不过，在这个时候，假若他肯用用心思，去调整他的产业，他还能有办法教自己丰衣足食，因为他的好多财产是被人家骗了去的。可是，他不肯去请律师。贫与富在他心中是完全一样的。假若在这时候，他要是不再随便花钱，他至少可以保住那座花园，和城外的地产。可是，他好善。尽管他自己的儿女受着饥寒，尽管他自己受尽折磨，他还是去办贫儿学校，粥厂，等等慈善事业。他忘了自己。就是在这个时候，我和他过往的最密。他办贫儿学校，我去作义务教师。他施舍粮米，我去帮忙调查及散放。在我的心里，我很明白：放粮放钱不过只足延长贫民的受苦难的日期，而不足以阻拦住死亡。但是，看刘大叔那么热心，那么真诚，我就顾不得和他辩论，而只好也出点力了。即使我和他辩论，我也不会得胜，人情是往往能战败理智的。

在我出国以前，刘大叔的儿子死了。而后，他的花园也出了手。他入庙为僧，夫人与小姐入庵为尼。由他的性格来说，他似乎势必走入避世学禅的一途。但是由他的生活习惯上来说，大家总以为他不过能念念经，布施布施僧道而已，而绝对不会受戒出家。他居然出了家。在以前，他吃的是山珍海味，穿的是绫罗绸缎。他也嫖也赌。现在，他每日一餐，入秋还穿着件夏布道袍。这样苦修，他的脸上还是红红的，笑声还是洪亮的。对佛学，他有多么深的认识，我不敢说，我却真知道他是个好和尚，他知道一点便去作一点，能作一点便作一点。他的学问也许不高，但是他所知道的都能见诸实行。

出家以后，他不久就作了一座大寺的方丈。可是没有好久就被驱逐出来。他是要作真和尚，所以他不惜变卖庙产去救济苦人。庙里不要这种方丈。一般的说，方丈的责任是要扩充庙产，而不是救苦救难的。离开大寺，他到一座没有任何产业的庙里作方丈。他自己既没有钱，他还须天天为僧众们找到斋吃。同时，他还举办粥厂等等慈善事业。他穷，他忙，他每日只进一顿简单的素餐，可是他的笑声还是那么洪亮。他的庙里不应佛事，赶到有人来请，他便领着僧众给人家去唪真经，不要报酬。他整天不在庙里，但是他并没忘了修持；他持戒越来越严，对经义也深有所获。他白天在各处筹钱办事，晚间在小室里作工夫。谁见到这位破和尚也不曾想到他会是个在金子里长起来的阔大爷。

去年，有一天他正给一位圆寂了的和尚念经，他忽然闭上了眼，就坐化了。火葬后，人们在他的身上发现许多舍利。

没有他，我也许一辈子也不会入学读书。没有他，我也许永远想不起帮助别人有什么乐趣与意义。他是不是真的成了佛？我不知道。但是，我的确相信他的居心与苦行是与佛极相近似的。我在精神上物质上都受过他的好处，现在我的确愿意他真的成了佛，并且盼望他以佛心引领我向善，正像在三十五年前，他拉着我去入私塾那样！

他是宗月大师。

想北平

设若让我写一本小说，以北平作背景，我不至于害怕，因为我可以捡着我知道的写，而躲开我所不知道的。让我单摆浮搁的讲一套北平，我没办法。北平的地方那么大，事情那么多，我知道的真觉太少了，虽然我生在那里，一直到廿七岁才离开。以名胜说，我没到过陶然亭，这多可笑！以此类推，我所知道的那点只是"我的北平"，而我的北平大概等于牛的一毛。

可是，我真爱北平。这个爱几乎是要说而说不出的。我爱我的母亲。怎样爱？我说不出。在我想作一件讨她老人家喜欢的时候，我独自微微的笑着；在我想到她的健康而不放心的时候，我欲落泪。言语是不够表现我的心情的，只有独自微笑或落泪才足以把内心揭露在外面一些来。我之爱北平也近乎这个。夸奖这个古城的某一点是容易的，可是这就把北平看得太小了。我所爱的北平不是枝枝节节的一些什么，而是整个儿与我的心灵相粘合的一段历史，一大块地方，多少风景名胜，从雨后什刹海的蜻蜓一直到我梦里的玉泉山的塔影，都积凑到一块，每一小的事件中有个我，我的每一思念中有个北平，这只有说不出而已。

真愿成为诗人，把一切好听好看的字都浸在自己的心血里，像杜鹃似的啼出北平的俊伟。啊！我不是诗人！我将永远道不出我的爱，一种像由音乐与图画所引起的爱。这不但是辜负了北平，也对不住我自己，因为我的最初的知识与印象都得自北平，它是在我的血里，我的性格与脾气里有许多地方是这古城所赐给的。我不能爱上海与天津，因为我心中有个北平。可是我说不出来！

伦敦，巴黎，罗马与堪司坦丁堡，曾被称为欧洲的四大"历史的都城"。我知道一些伦敦的情形；巴黎与罗马只是到过而已；堪司坦丁堡根本没有去过。就伦敦，巴黎，罗马来说，巴黎更近似北平——虽然"近似"两字要拉扯得很远——不过，假使让我"家住巴黎"，我一定会和没有家一样地感到寂苦。巴黎，据我看，还太热闹。自然，那里也有空旷静寂的地方，可是又未免太旷；不像北平那样既复杂而又有个边际，使我能摸着——那长着红酸枣的老城墙！面向着积水潭，背后是城墙，坐在石上看水中的小蝌蚪或苇叶上的嫩蜻蜓，我可以快乐的坐一天，心中完全安适，无所求也无可怕，像小儿安睡在摇篮里。是的，北平也有热闹的地方，但是它和太极拳相似，动中有静。巴黎有许多地方使人疲乏，所以咖啡与酒是必要的，以便刺激；在北平，有温和的香片茶就够了。

论说巴黎的布置已比伦敦罗马匀调的多了，可是比上北平还差点事儿。北平在人为之中显出自然，几乎是什么地方既不挤得慌，又不太僻静：最小的胡同里的房子也有院子与树；最空旷的地方也离买卖街与住宅区不远。这种分配法可以算——在我的经验中——天下第一了。北平的好处不在处处设备得完全，而在它处处有空儿，可以使人自由的喘气；不在有好些美丽的建筑，而在建筑的四周都有空闲的地方，使它们成为美景。每一个城楼，每一个牌楼，都可以从老远就看见。况且在街上还可以看见北山与西山呢！

　　好学的，爱古物的，人们自然喜欢北平，因为这里书多古物多。我不好学，也没钱买古物。对于物质我却喜爱北平的花多菜多果子多。花草是费钱的玩艺，可是此地的"草花儿"很便宜，而且家家有院子，可以花不多的钱而种一院子花，即使算不了什么，可是到底可爱呀。墙上的牵牛，墙根的靠山竹与草茉莉，是多么省钱省事而也足以招来蝴蝶呀！至于青菜，白菜，扁豆，毛豆角，黄瓜，菠菜等等，大多数是直接由城外担来而送到家门口。雨后，韭菜叶上还往往带着雨时溅起的泥点。青菜摊子上的红红绿绿几乎有诗似的美丽。果子有不少是由西山与北山来的，西山的沙果，海棠，北山的黑枣，柿子，进了城还带着一层白霜儿呀！哼，美国的橘子包着纸；遇到北平的带霜儿的玉李，还不愧杀！

　　是的，北平是个都城，而能有好多自己产生的花，菜，水果，这就使人更接近了自然。从它里面说，它没有像伦敦的那些成天冒烟的工厂；从外面说，它紧连着园林，菜圃与农村。采菊东篱下，在这里，确是可以悠然见南山的；大概把"南"字变个"西"或"北"，也没有多少了不得的吧。像我这样的一个贫寒的人，或者只有在北平能享受一点清福了。

　　好，不再说了吧；要落泪了，真想念北平呀！

归自北平

　　教书与作书各有困难。以此为业，都要受气。仿佛根本不是男儿大丈夫所当作的。借此升官发财，希望不多；专就吃饭而言，也得常杀杀裤腰带。我已有将及二十年的教书经验，书也写了十多本，这二者中的滋味总算尝透了些。拿这点资格与经历，我敢凭良心劝告别人：假如有别的路可走，总是躲着这两条为妙。就这二者而言，教书有固定的薪金，还胜于作个写家。写家虽不完全是无业游民，也差不许多。以文章说，我不敢自居为写家；以混饭说，我现在确是得算作一个。把这交待清楚，再说话才或者保险一些，不至于把真正的写家牵扯在内，而招出些是是非非。

　　不过，请放心，我并不想在这里道出我这样写家的一肚子委屈。我只要说一点无关紧要的小事。假若这点小事已足使我为难，别的自然不言而喻了。

　　今年暑后，我辞去教职，专心写作。并非看卖文是件甜事，而是只有此路可走，其余的路一概不通。

　　粗粗的看来，写家是满有自由的，山南海北无处不可安身。事实上一点也不这么样。我解去学校的事，马上就开了家庭会议：上哪儿去住呢？这个会议至今还没闭会，因为始终没有妥当的办法。

青岛的生活程度高，比北平——我在北平住过廿多年——要高上一倍。家庭会议的开始，大家似乎都以为有搬家的必要，而且必搬到北平。可是，一搬三穷；我没地方给全家找"免票"去，况且就是有人自动的送来，我也不肯用；我很佩服别人善用"免票"，而我自己是我自己。

可是，路费事小，日常开销事大；搬到了北平，每月用度可以省去一半，岂不还是上算着许多？

于是家庭会议派我作代表，上北平看看；我有整二年没回去了。在北平住了一星期，赶紧回来了。报告如下：北平的确是方便，而且便宜。但是正因其如此所以化钱才更多。车便宜，所以北平的友人都仿佛没有腿。饭便宜，所以大家常吃小馆。戏便宜，所以常去买票。东西便宜，所以多买。并不少化钱，可是便宜。在青岛，平均每月看一次电影，每年看一次戏，每星期坐一次车。贵，好呀，不看不听不坐，钱照旧在口袋里。日久天长，甘于寂寞，青岛海岸也足开心，用不着化钱买乐了。再说，北平朋友很多，一块儿去洗澡，看戏，上公园，闲谈，都要费时间。既仗着写作吃饭，怎能舍得工夫？还是青岛好，安静。

但是安静不行呀。写家得有些刺激，得去多经验，得去多找材料。还是北平好吧？

没办法！有这么个地方才妙！便宜，方便，热闹而又安静。哪儿找去呢？

放下北平，我们想到上海，投稿方便，索稿费方便，而且生活紧张。可是我知道上海的生活程度是怎样的高，我也晓得一到那里我就得生病。生活紧张而自己心静，是个办法。我可是不行，人家乱，我就头晕。抹去上海！苏州很好，友人这么建议，又便宜又安静。那里一个朋友也没有，我去干吗呢？还有，我真怕南方那个天气，能整星期的不见太阳！我不到没有太阳的地方去！

最近，又想到了成都。和没想一样，假若有钱的话，巴黎岂不更好？

还是青岛好呀，居然会留住了我：多么可笑，多么别扭，多么可怜！

北京的春节

　　按照北京的老规矩，过农历的新年（春节），差不多在腊月的初旬就开头了。"腊七腊八，冻死寒鸦"，这是一年里最冷的时候。可是，到了严冬，不久便是春天，所以人们并不因为寒冷而减少过年与迎春的热情。在腊八那天，人家里，寺观里，都熬腊八粥。这种特制的粥是祭祖祭神的，可是细一想，它倒是农业社会的一种自傲的表现——这种粥是用所有的各种的米，各种的豆，与各种的干果（杏仁、核桃仁、瓜子、荔枝肉、桂圆肉、莲子、花生米、葡萄干、菱角米……）熬成的。这不是粥，而是小型的农产展览会。

　　腊八这天还要泡腊八蒜。把蒜瓣在这天放到高醋里，封起来，为过年吃饺子用的。到年底，蒜泡得色如翡翠，而醋也有了些辣味，色味双美，使人要多吃几个饺子。在北京，过年时，家家吃饺子。

　　从腊八起，铺户中就加紧的上年货，街上加多了货摊子——卖春联的、卖年画的、卖蜜供的、卖水仙花的等等都是只在这一季节才会出现的。这些赶年的摊子都教儿童们的心跳得特别快一些。在胡同里，吆喝的声音也比平时更多更复杂起来，其中也有仅在腊月才出现的，像卖宪书的、松枝的、薏仁米的、年糕的等等。

在有皇帝的时候，学童们到腊月十九日就不上学了，放年假一月。儿童们准备过年，差不多第一件事是买杂拌儿。这是用各种干果（花生、胶枣、榛子、栗子等）与蜜饯搀和成的，普通的带皮，高级的没有皮——例如：普通的用带皮的榛子，高级的就用榛瓤儿。儿童们喜吃这些零七八碎儿，即使没有饺子吃，也必须买杂拌儿。他们的第二件大事是买爆竹，特别是男孩子们。恐怕第三件事才是买玩艺儿——风筝、空竹、口琴等——和年画儿。

儿童们忙乱，大人们也紧张。他们须预备过年吃的使的喝的一切。他们也必须给儿童赶快做新鞋新衣，好在新年时显出万象更新的气象。

二十三日过小年，差不多就是过新年的"彩排"。在旧社会里，这天晚上家家祭灶王，从一擦黑儿鞭炮就响起来，随着炮声把灶王的纸像焚化，美其名叫送灶王上天。在前几天，街上就有多少多少卖麦芽糖与江米糖的，糖形或为长方块或为大小瓜形。按旧日的说法：用糖粘住灶王的嘴，他到了天上就不会向玉皇报告家庭中的坏事了。现在，还有卖糖的，但是只由大家享用，并不再粘灶王的嘴了。

过了二十三，大家就更忙起来，新年眨眼就到了啊。在除夕以前，家家必须把春联贴好，必须大扫除一次，名曰扫房。必须把肉、鸡、鱼、青菜、年糕什么的都预备充足，至少足够吃用一个星期的——按老习惯，铺户多数关五天门，到正月初六才开张。假若不预备下几天的吃食，临时不容易补充。还有，旧社会里的老妈妈论，讲究在除夕把一切该切出来的东西都切出来，省得在正月初一到初五再动刀，动刀剪是不吉利的。这含有迷信的意思，不过它也表现了我们确是爱和平的人，在一岁之首连切菜刀都不愿动一动。

除夕真热闹。家家赶作年菜，到处是酒肉的香味。老少男女都穿起新衣，门外贴好红红的对联，屋里贴好各色的年画，哪一家都灯火通宵，不许间断，炮声日夜不绝。在外边作事的人，除非万不得已，必定赶回家来，吃团圆饭，祭祖。这一夜，除了很小的孩子，没有什么人睡觉，而都要守岁。

元旦的光景与除夕截然不同：除夕，街上挤满了人；元旦，铺户都上着板子，门前堆着昨夜燃放的爆竹纸皮，全城都在休息。

男人们在午前就出动，到亲戚家，朋友家去拜年。女人们在家中接待客人。同时，城内城外有许多寺院开放，任人游览，小贩们在庙外摆摊，卖茶、食品和各种玩具。北城外的大钟寺、西城外的白云观、南城的火神庙（厂甸）是最有名的。可是，开庙最初的两三天，并不十分热闹，因为人们还正忙着彼此贺年，无暇及此。到了初五六，庙会开始风光起来，小孩们特别热心去逛，为的是到城外看看野景，可以骑毛驴，还能买到那些新年特有的玩具。白云观外的广场上有赛轿车赛马的；在老年间，据说还有赛骆驼的。这些比赛并不争取谁第一谁第二，而是在观众面前表演骡马与骑者的美好姿态与技能。

多数的铺户在初六开张，又放鞭炮，从天亮到清早，全城的炮声不绝。虽然开了张，可是除了卖吃食与其他重要日用品的铺子，大家并不很忙，铺中的伙计们还可以轮流着去逛庙、逛天桥和听戏。

元宵（汤圆）上市，新年的高潮到了——元宵节（从正月十三到十七）。除夕是热闹的，可是没月光；元宵节呢，恰好是明月当空。元旦是体面的，家家门前贴着鲜红的春联，人们穿着新衣裳，可是它还不够美。元宵节，处处悬灯结彩，整条的大街像是办喜事，火炽而美丽。有名的老铺都要挂出几百盏灯来，有的一律是玻璃的，有的清一色是牛角的，有的都是纱灯；有的各形各色，有的通通彩绘全部《红楼梦》或《水浒传》故事。这，在当年，也就是一种广告；灯一悬起，任何人都可以进到铺中参观；晚间灯中都点上烛，观者就更多。这广告可不庸俗。干果店在灯节还要作一批杂拌儿生意，所以每每独出心裁的，制成各样的冰灯，或用麦苗作成一两条碧绿的长龙，把顾客招来。

除了悬灯，广场上还放花盒。在城隍庙里并且燃起火判，火舌由判官的泥像的口、耳、鼻、眼中伸吐出来。公园里放起天灯，像巨星似的飞到天空。

男男女女都出来踏月、看灯、看焰火；街上的人拥挤不动。在旧社会里，女人们轻易不出门，她们可以在灯节里得到些自由。

小孩子们买各种花炮燃放，即使不跑到街上去淘气，在家中也照样能有声有光的玩耍。家中也有灯；走马灯——原始的电影——宫灯、各形各色的纸灯，还有纱灯，里面有小铃，到时候就叮叮的响。大家还必须吃汤圆呀。这的确是美好快乐的日子。

一眨眼，到了残灯末庙，学生该去上学，大人又去照常作事，新年在正月十九结束了。腊月和正月，在农村社会里正是大家最闲在的时候，而猪牛羊等也正长成，所以大家要杀猪宰羊，酬劳一年的辛苦。过了灯节，天气转暖，大家就又去忙着干活了。北京虽是城市，可是它也跟着农村社会一齐过年，而且过得分外热闹。

在旧社会里，过年是与迷信分不开的。腊八粥，关东糖，除夕的饺子，都须先去供佛，而后人们再享用。除夕要接神；大年初二要祭财神，吃元宝汤（馄饨），而且有的人要到财神庙去借纸元宝，抢烧头股香。正月初八要给老人们顺星、祈寿。因此那时候最大的一笔浪费是买香蜡纸马的钱。现在，大家都不迷信了，也就省下这笔开销，用到有用的地方去。特别值得提到的是现在的儿童只快活的过年，而不受那迷信的熏染，他们只有快乐，而没有恐惧——怕神怕鬼。也许，现在过年没有以前那么热闹了，可是多么清醒健康呢。以前，人们过年是托神鬼的庇佑，现在是大家劳动终岁，大家也应当快乐的过年。

要热爱你的胡同 [1]

俗语说得好，"远亲不如近邻"。

可是，在大城市里，这句话就不容易体验。就拿北京来说吧，同一条胡同的人家，你忙你的，我干我的，今天张家搬走，明天李家搬来，谁也不容易认识谁，更不用说彼此互相帮助照顾了。

这种彼此不相识，不关心，是不大对的。在从前，有一家的孩子出天花，邻居们不去劝告，帮忙入医院，而只在自家的窗上挂起一条红布，说是足以避邪。结果，红布条毫无效用，好几家子的孩子都传染上天花。这样的事儿还很多，谁都可以想出几件来，就不多说。

现在可好了，为了全胡同的清洁，大家须协力合作。为了听重要的广播，有收音机的就招待街坊们来听。为了全胡同的事，大家也常常到一块儿商议。这样，慢慢的大家由相识而变为朋友，彼此帮忙，彼此劝告，还互相批评——像谁家的院子不大干净，或盆子罐子里存着雨水等等。

---

[1]　本篇写于 1954 年，据手稿收录。

这么一来，"远亲不如近邻"这句话可就真有点味道了。可是细一想呢，"远亲不如近邻"或者还只就有了急事而言，譬如说，独身汉老张得了暴病，而亲戚都住在西郊，不能马上赶到，于是近邻老李就忙着去给请大夫抓药。现在的事儿呢，并不只是遇到急难，彼此帮忙，而是经常的组织，一条胡同里的人永远彼此合作，互相鼓励，大家友爱。这可就有了很大的意义。咱们早已都听说：共产党会组织人民，有民主精神。咱们胡同里现在的情形就证明了，咱们有了组织，不再是一盘散沙。大家的事情大家商议，大家作，这就是民主精神啊。这么一想，这点事实在了不得。团结就是力量啊。连每条小胡同都有了团结，大家一条心，这不就是从根儿上作起么？就拿检举特务来说吧，只有全胡同有了组织，彼此负责，才能作得严密，教一个藏着的特务也跑不了啊！近来，各街道成立了治安保卫委员会，不就是依靠群众跟反革命分子作斗争，跟盗匪作斗争，跟灾害作斗争的好办法么？

这样，我想我跟所有的北京人一样，都对咱们的胡同有了感情，不再存着"各扫门前雪，休管他家瓦上霜"的错念头了。我也敢保，以后咱们会一天比一天更爱咱们自己的胡同，积极的为咱们自己的胡同努力作事，并且觉得这么努力值得骄傲！

有句古话儿——"浮生若寄"。变成白话就是"马马虎虎的瞎混"。这是句不着边儿的，要不得的话。咱们住在哪里就应当在哪儿扎下根儿去。这倒不是说，咱们永远不搬家，而是说，咱们住在哪里就应当在哪里扎下民主精神的根儿，抱着大家为大家活着，大家为大家作事的精神。好吧，让咱们就先把现在住着的胡同搞得最干净，最整齐，最平安吧！

有了小孩以后

　　艺术家应以艺术为妻,实际上就是当一辈子光棍儿。在下闲暇无事,往往写些小说,虽一回还没自居过文艺家,却也感觉到家庭的累赘。每逢困于油盐酱醋的灾难中,就想到独人一身,自己吃饱便天下太平,岂不妙哉。

　　家庭之累,大半由儿女造成。先不用提教养的花费,只就淘气哭闹而言,已足使人心慌意乱。小女三岁,专会等我不在屋中,在我的稿子上画圈拉杠,且美其名曰"小济会写字"!把人要气没了脉,她到底还是有理!再不然,我刚想起一句好的,在脑中盘旋,自信足以愧死莎士比亚,假若能写出来的话。当是时也,小济拉拉我的肘,低声说:"上公园看猴?"于是我至今还未成莎士比亚。小儿一岁整,还不会"写字",也不晓得去看猴,但善亲亲,闭眼,张口展览上下四个小牙。我若没事,请求他闭眼,露牙,小胖子总会东指西指的打岔。赶到我拿起笔来,他那一套全来了,不但亲脸,闭眼,还"指"令我也得表演这几招。有什么办法呢?

　　这还算好的。赶到小济午后不睡,按着也不睡,那才难办。

到这么四点来钟吧，她的困闹开始，到五点钟我已没有人味。什么也不对，连公园的猴都变成了臭的，而且猴之所以臭，也应当由我负责。小胖子也有这种困而不睡的时候，大概多数是与小济同时发难。两位小醉鬼一齐找毛病，我就是诸葛亮恐怕也得唱空城计，一点办法没有！在这种干等束手被擒的时候，偏偏会来一两封快信——催稿子！我也只好闹脾气了。不大一会儿，把太太也闹急了，一家大小四口，都成了醉鬼，其热闹至为惊人。大人声言离婚，小孩怎说怎不是，于离婚的争辩中瞎打混。一直到七点后，二位小天使已困得动不的，离婚的宣言才无形的撤销。这还算好的。遇上小胖子出牙，那才真教厉害，不但白天没有情理，夜里还得上夜班。一会儿一醒，若被针扎了似的惊啼，他出牙，谁也不用打算睡。他的牙出利落了，大家全成了红眼虎。

　　不过，这一点也不妨碍家庭中爱的发展，人生的巧妙似乎就在这里。记得 Frank Harris 仿佛有过这么点记载：他说王尔德为那件不名誉的案子过堂被审，一开头他侃侃而谈，语多幽默。及至原告提出几个男妓作证人，王尔德没了脉，非失败不可了。Harris 以为王尔德必会说："我是个戏剧家，为观察人生，什么样的人都当交往。假若我不和这些人接触，我从哪里去找戏剧中的人物呢？"可是，王尔德竟自没这么答辩，官司就算输了！

　　把王尔德且放在一边；艺术家得多去经验，Harris 的意见，假若不是特为王尔德而发的，的确是不错。连家庭之累也是如此。还拿小孩们说吧——这才来到正题——爱他们吧，嫌他们吧，无论怎说，也是极可宝贵的经验。

在没有小孩的时候，一个人的世界还是未曾发现美洲的时候的。小孩是科仑布，把人带到新大陆去。这个新大陆并不很远，就在熟习的街道上和家里。你看，街市上给我预备的，在没有小孩的时候，似乎只有理发馆，饭铺，书店，邮政局等。我想不出婴儿医院，糖食店，玩具铺等等的意义。连药房里的许许多多婴儿用的药和粉，报纸上婴儿自己药片的广告，百货店里的小袜子小鞋，都显着多此一举，劳而无功。及至小天使自天飞降，我的眼睛似乎戴上了一双放大镜，街市依然那样，跟我有关系的东西可是不知增加了多少倍！婴儿医院不但挂着牌子，敢情里边还有医生呢。不但有医生，还是挺神气，一点也得罪不得。拿着医生所给的神符，到药房去，敢情那些小瓶子小罐都有作用。不但要买瓶子里的白汁黄面和各色的药饼，还得买瓶子罐子，轧粉的钵，量奶的漏斗，乳头，卫生尿布，玩艺多多了！百货店里那些小衣帽，小家具，也都有了意义；原先以为多此一举的东西，如今都成了非它不行；有时候铺中缺乏了我所要的那一件小物品，我还大有看不起他们的意思：既是百货店，怎能不预备这件东西呢？慢慢的，全街上的铺子，除了金店与古玩铺，都有了我的足迹；连当铺也走得怪熟。铺中人也渐渐熟识了，甚至可以随便闲谈，以小孩为中心，谈得颇有味儿。伙计们，掌柜们，原来不仅是站柜作买卖，家中还有小孩呢！有的铺子，竟自敢允许我欠账，仿佛一有了小孩，我的人格也好了些，能被人信任。三节的账条来得很踊跃，使我明白了过节过年的时候怎样出汗。

小孩使世界扩大，使隐藏着的东西都显露出来。非有小孩不能明白这个。看着别人家的孩子，肥肥胖胖，整整齐齐，你总觉得小孩们理应如此，一生下来就戴着小帽，穿着小袄，好像小雏鸡生下来就披着一身黄绒似的。赶到自己有了小孩，才能晓得事情并不这么简单。一个小娃娃身上穿戴着全世界的工商业所能供给的，给全家人以一切啼笑爱怨的经验，小孩的确是位小活神仙！

有了小活神仙，家里才会热闹。窗台上，我一向认为是摆花的地方。夏天呢，开着窗，风儿轻轻吹动花与叶，屋中一阵阵的清香。冬天呢，阳光射到花上，使全屋中有些颜色与生气。后来，有了小孩，那些花盆很神秘的都不见了，窗台上满是瓶子罐子，数不清有多少。尿布有时候上了写字台，奶瓶倒在书架上。大扫除才有了意义，是的，到时候非痛痛快快的收拾一顿不可了，要不然东西就有把人埋起来的危险。上次大扫除的时候，我由床底下找到了但丁的《神曲》。不知道这老家伙干吗在那里藏着玩呢！

人的数目也增多了，而且有很多问题。在没有小孩的时候，用一个仆人就够了，现在至少得用俩。以前，仆人"拿糖"，满可以暂时不用；没人作饭，就外边去吃，谁也不用拿捏谁。有了小孩，这点豪气乘早收起去。三天没人洗尿布，屋里就不要再进来人。牛奶等项是非有人管理不可，有儿方知卫生难，奶瓶子一天就得烫五六次；没仆人简直不行！有仆人就得捣乱，没办法！

好多没办法的事都得马上有办法，小孩子不会等着"国联"慢慢解决儿童问题。这就长了经验。半夜里去买药，药铺的门上原来有个小口，可以交钱拿药，早先我就不晓得这一招。西药房里敢情也打价钱，不等他开口，我就提出："还是四毛五？"这个"还是"使我省五分钱，而且落个行家。这又是一招。找老妈子有作坊，当票儿到期还可以入利延期，也都被我学会。没工夫细想，大概自从有了儿女以后，我所得的经验至少比一张大学文凭所能给我的多着许多。大学文凭是由课本里掏出来的，现在我却念着一本活书，没有头儿。

连我自己的身体现在都会变形，经小孩们的指挥，我得去装马装牛，还须装得像个样儿。不但装牛像牛，我也学会牛的忍性，小胖子觉得"开步走"有意思，我就得百走不厌；只作一回，绝对不行。多咱他改了主意，多咱我才能"立正"。在这里，我体验出母性的伟大，觉得打老婆的人们满该下狱。

中秋节前来了个老道，不要米，不要钱，只问有小孩没有？看见了小胖子，老道高了兴，说十四那天早晨须给小胖子左腕上系一根红线。备清水一碗，烧高香三炷，必能消灾除难。右邻家的老太太也出来看，老道问她有小孩没有，她惨淡的摇了摇头。到了十四那天，倒是这位老太太的提醒，小胖子的左腕上才拴了一圈红线。小孩子征服了老道与邻家老太太。一看胖手腕的红线，我觉得比写完一本伟大的作品还骄傲，于是上街买了两尊兔子王，感到老道，红线，兔子王，都有绝大的意义！

文艺副产品
——孩子们的事情

自从去年秋天辞去了教职，就拿写稿子挣碗"粥"吃——"饭"是吃不上的。除了星期天和闹肚子的时候，天天总动动笔，多少不拘，反正得写点儿。于是，家庭里就充满了文艺空气，连小孩们都到时候懂得说："爸爸写字吧？"文艺产品并没能大量的生产，因为只有我这么一架机器，可是出了几样副产品，说说倒也有趣：

（一）自由故事。须具体的说来：

早九点，我拿起笔来。烟吸过三枝，笔还没落到纸上一回。小济（女，实岁数三岁半）过来检阅，见纸白如旧，就先笑一声，而后说："爸，怎么没有字呢？"

"待一会儿就有，多多的字！"

"啊！爸，说个故事？"

我不语。

"爸快说呀，爸！"她推我的肘，表示我即使不说，反正肘部动摇也写不了字。

这时候，小乙（男，实岁数一岁半，说话时一字成句，简当而有含蓄）来了，妈妈在后面跟着。

见生力军来到，小济的声势加旺："快说呀！快说呀！"

我放下笔："有那么一回呀——"

小乙："回！"

小济："你别说，爸说！"

爸："有那么一回呀，一只大白兔——"

小乙："兔兔！"

小济："别——"

小乙撇嘴。

妈："得，得，得，不哭！兔兔！"

小乙："兔兔！"泪在眼中一转，不知转到哪里去了。

爸："对了，有两只大白兔——"

小乙："泡泡！"

妈："小济，快，找小盆去！"

爸："等等，小乙，先别撒！"随小济作快步走，床下椅下，分头找小盆，至为紧张，且喊且走，"小盆在哪儿？"只在此屋中，云深不知处，无论如何，找不到小盆。

妈曳小乙疾走如风，入厕，风暴渐息。

归位，小济未忘前事："说呀！"

爸："那什么，有三只大白兔——"等小乙答声，我好想主意。

小乙尿后，颇镇定，把手指放在口中。

妈："不含手指，臭！"

小乙置之不理。

小济："说那个小猪吃糕糕的，爸！"

小乙："糕糕，吃！"他以为是到了吃点心的时候呢。

妈："小猪吃糕糕，小乙不吃。"

爸说了小猪吃糕糕。说完，又拿起笔来。

小济："白兔呢？"

颇成问题！小猪吃糕糕与白兔如何联到一处呢？

门外："给点什么吃吧，太太！"

小济小乙齐声："太太！"

全家摆开队伍，由爸代表，给要饭的送去铜子儿一枚。

故事告一段落。

这种故事无头无尾，变化万端，白兔不定几只，忽然转到小猪吃糕糕，若不是要饭的来解围，故事便当延续下去，谁也不晓得说到哪里去，故定名为"自由故事"。此种故事在有小孩子的家中非常方便好用，作者信口开河，随听者的启示与暗示而跌宕多姿。著者与听者打成一片，无隔膜抵触之处。其体裁既非童话，也非人话，乃一片行云流水，得天然之美，极当提倡。故事里毫无教训，而充分运用着作者与听者的想象，故甚可贵。

（二）新蝌蚪文：

在以前没有小孩的时候，我写坏了稿纸，便扔在字纸篓里。自从小济会拿铅笔，此项废纸乃有出路，统统归她收藏。

我越写不上来，她越闹哄得厉害：逼我说故事，劝我带她上街，要不然就吃一个苹果，"小济一半，爸一半！"我没有办法，只好把刚写上三五句不像话的纸送给她："看这张大纸，多么白！去，找笔来，你也写字，好不好？"赶上她心顺，她就找来铅笔头儿，搬来小板凳，以椅为桌，开始写字。

她已三岁半，可是一个字不识。我不主张早教孩子们认字。我对于教养小孩，有个偏见——也许是"正"见：六岁以前，不教给他们任何东西；只劳累他们的身体，不劳累脑子。养得脸蛋儿红扑扑的，胳臂腿儿挺有劲，能蹦能闹，便是好孩子。过六岁，该受教育了，但仍不从严督促。他们有聪明，爱读书呢，好；没聪明而不爱读书呢，也好。反正有好身体才能活着，女的去作舞女，男的去拉洋车，大体生活也就不错，不用着急。

这就可以想象到小济写的是什么字了：用铅笔一按，在格中按了个不小的黑点，然后往上或往下一拉，成个小蝌蚪。一个两个，一行两行，一次能写满半张纸。写完半张，她也照着爸的样子说："该歇歇了！"于是去找弟弟玩耍，忘了说故事与吃苹果等要求。我就安心写作一会儿。

（三）卡通演义：

因为有书，看惯了，所以孩子们也把书当作玩艺儿。玩别的玩腻了，便念书玩。小乙的办法是把书挡住眼，口中嘟嘟嘟嘟；小济的办法是找图画念，口中唱着：一个小人儿，一个小鸟儿，又一个小人儿……

俩孩子最喜爱的一本是朋友给我寄来的一本英国卡通册子，通体都是画儿，所以俩孩子争着看。他们看小人儿，大人可受了罪，他们教我给"说"呀。篇篇是讽刺画儿，我怎么"说"呢？急中生智，我顺口答音，见机而作，就景生情，把小人儿全联到一处，成为一完整而又变化很多的故事。

说完了，他们不记得，我也不记得；明天看，明天再编新词儿。英国的首相。在我们的故事里，叫作"大鼻子"；麦克唐纳是"大脑袋"，由小乙的建议呢，凡戴眼镜儿的都是"爸"——因为我戴眼镜儿。我们的故事总是很热闹，"大鼻子叼着烟袋锅，大脑袋张着嘴，没有烟袋，大鼻子不给他，大脑袋就生气，爸就来劝，得了，别生气……"

卡通演义比自由故事更有趣，因为照着图来说，总得设法就图造事，不能三只四只白兔的乱说。说的人既须费些思索，故事自然分外的动听，听者也就多加注意。现在，小乙不怕是把这本册子拿倒了，也能指出哪个是英国首相——"鼻！"歪打正着，这也许能帮助训练他们的观察能力；自然，没有这种好处，我们也都不在乎；反正我们的故事很热闹。

（四）改造杂志：

我们既能把卡通给孩子讲通了，那么，什么东西也不难改造了。我们每月固定的看《文学》，《中流》，《青年界》，《宇宙风》，《论语》，《西风》，《谈风》，《方舟》；除了《方舟》是定阅的，其余全是赠阅的。此外，我们还到小书铺里去"翻"各种刊物，看着题目好，就买回来。无论是什么刊物吧，都是先由孩子们看画儿，然后大人们念字。字，有时候把大人憋住，怎念怎念不明白。画，完全没有困难。普式庚的像，罗丹的雕刻，苏联的木刻……我们都能设法讲解明白了。无论什么严重的事，只要有图，一到我们家里便变成笑话。所以我们时常感到应向各刊物的编辑道歉，可是又不便于道歉，因为我们到底是看了，而且给它们另找出一种意义来呀。

（五）新年特刊：

这是我们家中自造的刊物：用铜钉按在墙上，便是壁画；不往墙上钉呢，便是活页的杂志。用不着花印刷费，也不必征求稿件，只须全家把"画来——卖画"的卖年画的包围住，花上两三毛钱，便能五光十色的得到一大堆图画。小乙自己是胖小子，所以也爱胖小子，于是胖小子抱鱼——"富贵有余"——胖小子上树——摇钱树——便算是由他主编，自成一组。小济是主编故事组："小叭儿狗会擀面"，"小小子坐门墩"，"探亲相骂"……都由她收藏管理，或贴在她的床前。戏出儿和渔家乐什么的算作爸与妈的，妈担任说明画上的事情，爸担任照着戏出儿整本的唱戏，文武昆乱，生末净旦丑，一概不挡，烦唱哪出就唱哪出。这一批年画儿能教全家有的说，有的看，有的唱，热闹好几个月。地上也是，墙上也是，都彩色鲜明，百读不厌。我们这个特刊是文艺、图画、戏剧、歌唱的综合；是国货艺术与民间艺术的拥护；是大人与小孩的共同恩物。看完这个特刊，再看别的杂志，我们觉得还是我们自家的东西应属第一。

好啦，就说到此处为止吧。

我的"话"

二十岁以前，我说纯粹的北平话。二十岁以后，糊口四方，虽然并不很热心去学各地的方言，可是自己的言语渐渐有了变动：一来是久离北平，忘记了许多北平人特有的语调词汇；二来是听到别处的语言，感觉到北平话，特别是在腔调上，有些太飘浮的地方，就故意的去避免。于是，一来二去，我的话就变成一种稍稍忘记过、矫正过的北平话了。大体上说，我说的是北平话，而且相当的喜爱它。

三十岁左右的五年中，住在英国。因为岁数稍大，和没有学习语文的天才，所以并没能把英语习好。有一个期间，还学习了一点拉丁和法文，也因脑子太笨而没有任何成绩。不过，我总算与外国语言接触过了。在上一段中，我说明了怎样因与国内的方言接触，而稍稍改变了自己的北平话；在这里，就是与外国语接触之后，我便拿北平话——因为我只会讲北平话——去代表中国话，而与外国话比较了。

最初，因英语中词汇的丰富，文法的复杂，我感到华语的枯窘简陋。在偶尔练习一点翻译的时候，特别使我痛苦：找不着适当的字啊！把完好的句子都拆毁了啊！我鄙视我的北平话了！

后来，稍稍学了一点拉丁及法文，我就更爱英文，也就翻回头来更爱华语了，因为以英文和拉丁或法文比较，才知道英文的简单正是语言的进步，而不是退化；那么以华语和英语比较，华语的惊人的简单，也正是它的极大的进步。

及至我读了些英文文艺名著之后，我更明白了文艺风格的劲美，正是仗着简单自然的文字来支持，而不必要花枝招展，华丽辉煌。英文《圣经》，与狄福、司威夫特等名家的作品，都是用了最简劲自然的，也是最好的文字。

这时候，正是我开始学习写小说的时候；所以，我一下手便拿出我自幼儿用惯了的北平话。在第一二本小说中，我还有时候舍不得那文雅的华贵的词汇；在文法上，有时候也不由得写出一二略为欧化的句子来。及至我读了《艾丽司漫游奇境记》等作品之后，我才明白了用儿童的语言，只要运用得好，也可以成为文艺佳作。我还听说，有人曾用"基本英文"改写文艺杰作，虽然用字极少，也还能保持住不少的文艺性；这使我有了更大的胆量，去脱了华艳的衣衫，而露出文字的裸体美来。在当代的名著中，英国写家们时常利用方言；按照正规的英文法程来判断这些方言，它们的文法是不对的，可是这些语言放在文艺作品中，自有它们的不可忽视的力量，绝对不是任何其他语言可以代替的。是的，它们的确与正规文法不合，可是它们原本有自己的文法啊！你要用它，就得承认它的独立与自由，因为它自有它自己的生命。假若你只采取它一两个现成的字，而不肯用它的文法，你就只能得到它的一点小零碎来作装饰，而得不到它的全部生命的力量。因此，我自己的笔也逐渐的、日深一日的，去沾那活的、自然的、北平话的血汁，不想借用别人的文法来装饰自己了。我不知道这合理与否，我只觉得这个作法给我不少的欣喜，使我领略到一点创作的乐趣。看，这是我自己的想象，也是我自己的语言哪！

　　避免欧化的句子是不容易的。我们自己的文法是那么简单，简直没有法子把一句含意复杂的话说得圆满呀！可是，我还是设法去避免，我会把一长句拆开来说，还教它好听，明白，生动。把含意复杂的一个长句拆开来说，恐怕就不能完全传达那个长句所要表现的意思了，句子的形式既变，意思恐怕也就或多或少总有些变动；即使能够不多不少的恰如原意，那句子形式的变动也会使情调语气随着改变。于此，欧化的语句有时候是必不能舍弃的，特别是在说理的文章里。不过，我自己不大写说理的文章，我所写的大多数是诗歌小说之类的东西。这类的东西需要写得美好，简劲，有感动力。那么，语言之美是独特的无法借用，有不得不在自己的语言中探索其美点者。谈到简劲，中国言语恰恰天然的不会把句子拉长；强使之长，一句中有若干"底"，"地"，与"的"，或许能于一句中表达迂回复杂的意念，有如上述；但在文艺作品中这必然的会使气势衰沉，而且只能看而不能读，给诗歌与戏剧中的对话一个致命伤。在一个哲学家口中，他也许只求他的话能使人作深思，而不管它是多么别扭、生硬、冗长，文艺家便不敢这么冒险，因为他虽然也愿使人深思细想，可是他必定是用从心眼中发出来的最有力、最扼要、最动人的言语，使人咂摸着人情世态，含泪或微笑着去作深思。他要先感动人。这从心眼中掏出来的言语，必是极简单、极自然、极通俗的。媳妇哭婆婆，或许用点儿修辞；当她哭自己的儿女的时候，她只叫一两声"我的肉"，而昏倒了！文字的感动力是来自在某个场合中必然的说某种话——这个话是最普遍常用的，绝难借用外国文法的。一个哲学家，与一个工友，在他痛苦的时节，是同样的只会叫"妈"的。

我明白了上述的一点道理——对不对，我可不敢说——我就决定放弃了翻译工作。这工作是极要紧的，但是它使我太痛苦——顾了自己，便损害了别人；顾及别人，便失落了自己。言语的不同没法使彼此尽欢而散。同时，我写作小说也就更求与口语相合，把修辞看成怎样能从最通俗的浅近的词汇去描写，而不是找些漂亮文雅的字来漆饰。用字如此，句子也力求自然，在自然中求其悦耳生动。我愿在纸上写的和从口中说的差不多。到了这个地步，有时候我颇后悔我曾经矫正过自己的北平话了：有许多好的词汇，好的句法，因为怕别人不懂而不用，乃至渐渐的忘记了。是的，中国话确是太简单了，词与字真是太不够用了；把文言与白话掺合起来用，或者还能勉强应付；可是我立志要写白话，不借助于文言，岂不是自找苦吃？况且，我又忘了许多北平话呢！

我要恢复我的北平话。它怎样说，我便怎样写。怕别人不懂吗？加注解呀。无论怎说，地方语言运用得好，总比勉强的用四不像的、毫无精力的、普通官话强得多。至于借用外国文法，我不反对别人去试验，我自己可是还无暇及此，因为我还没能把自己的语言运用得很好哇！先把握住自己的话，而后再添加外来的材料，也许更牢靠一些。

近来有件伤心的事：我练习着写诗，把自己憋得半死！我知道，诗是语言的结晶。我写的是白话诗，自然须是白话的结晶。可是，这晶结不成；知道的白话是那么少啊！而且所知道的那一些，又运用得那么拙笨啊！我还是不敢多向外国语求救，可是文言不住的对我招手。我本想置之不理，给它个冷肩膀吃。但是，没了米，也只好吃面粉了，还能饿着吗？唉，对白话我有点不忠之罪！是白话不够用吗？是白话不配上诗的园里去吗？都不是！是自己无才，而且有点偷懒啊！我以为，从诗的言语上说，假若"刁骚"，"歧路"，"原野"，"涟漪"等无聊的词汇不被铲除了去，白话诗或者老是一片草地，而排列着许多坟头儿，永远成不了美丽的林园。

不过，近来也有桩可喜的事：我在练习写话剧。话剧太难写了，我当然不会一蹴而成功。但是，且不管剧中旁的一切，单就对话来说，实在使我快活。我没有统计过，在一出三幕或四幕剧中，用过多少个字。我可是直觉的感到，我用字很少，因为在写剧的时节，我可以充分地去想象：某个人在某时某地须说什么话，而这些话必定要立竿见影的发生某种效果；用不着转文，也用不着多加修饰，言语是心之声，发出心声，则一呼一嗽都能感人。在这里，我留神语言的自然流露，远过于文法的完整；留神音调的美妙，远过于修辞的选择。剧中人口里的一个"哪"或"吗"，安排得当，比完整而无力的一大句话，要收更多的效果。在这里，才真真的不是作文，而是讲话。话语的本来的文法，在此万不能移动；话语的音节腔调之美，在此须充分的发扬。剧中人所讲的是生命与生活中的话语，不是在背诵文章。

我没有学习语言的天才，故对语言的比较也就没有任何研究。我也没研究过文法，而只知道自己口中所说的话自有文法，很难改创。对语文既无所知，可是还要谈论到它们，不过是本着自己学习写作的经验说说实话而已，说不定就是一片胡言啊！

搬家[1]

一提议说搬家，我就知道麻烦又来了。住着平安，不吵不闹，谁也不愿搬动。又不是光棍一条，搬起来也省事。既然称得起"家"，这至少起码是夫妇两个，往往彼此意见不合，先得开几次联席会议，结果大家的主张不得不折衷。谁去找房，这个说，等我找到得几时，我又得教书，编讲义，写文章，而且专等星期去找；况且我男人家又粗心又马虎，还是你去吧。那个说，一个女人家东家进，西家出，"眼观六路耳听八方"都得看仔细，打听明白，就是看妥了，和房东办交涉也是不善，全权通交在一人身上，这个责任，确是不轻。

没有法子，只得第二天就去实行，一路上什么也引不起注意，就看布告牌上的招租帖，墙角上，热闹口上通都留神，这还不算。有的好房就不贴条子，也不请银行信托部来管，这可不好办。一来二去的自己有了点发现，凡是窗户上没有窗帘子，你就可拍门去问。虽然看不中意，但是比较起所看的房确是强的多。

---

[1]　本篇最初发表时，署名"非我"。

　　住惯北平的房子，老希望能找到一个大院子。所以离开北平之后，无论到天津，济南，汉口，上海，以至青岛，能找到房子带个大院子，真是少有。特别是在青岛，你能找到独门独院，只花很少的租价，就简直可说没有。除非你真有腰包，可以大大的租上座全楼。

　　我就不喜欢一个楼，分楼上一家，楼下一家，或是楼分四家住。这样住在楼上的人多少总是占便宜的。楼下的可就倒霉。遇见清净孩子少的还好，遇见好热闹，有嗜好的，孩子多的，那才叫活糟。而且还注意同楼是不是好养狗。这是经验告诉我，一条狗得看新养的，还是旧有的。青岛的狗种，可属全世界的了，三更半夜，嚎出的声真能吓得你半夜不能安睡。有了狗群，更不得安生，决斗声，求爱声，乳狗声，比什么声音都复杂热闹。这个可不敢领教了！

　　其次看同楼邻居如何；人口，年龄，籍贯，职业，都得在看房之际顺口答音的，探听清楚。比如说吧，这家是南方人，老太太是湖北的，少奶奶是四川的，少爷是在港务局作事，孩子大小三个；这所楼我虽看的还合适，房间大，阳光充足，四壁厕所厨房都干净，可是一看这家邻居，心就凉爽了。第一老太太是南方的我先怕。这并不是说对于南方的老太太有什么仇恨，而是对于她们生活习惯都合不来。也不管什么日子，黑天白日，黄钱白钱——纸钱——足烧一气，口中念念有词，我确是看不下去。再有是在门前买东西，为了一分钱，一棵菜，绝不善罢甘休买成功，必得为少一两分量吵嚷半天，小贩们脸红脖子粗的走开。少奶奶管孩子，少爷吊嗓子，你能管得着么？碰巧还架上贱价无线电，吵得你"姑子不得睡，和尚不得安"。所以趁早不用找麻烦。

论到职业上，确是重大问题。如果同楼邻居是同行，当然不必每天见面，"今天天气，哈哈哈"，或者不至于遭人白眼，扭头不屑于理"你个穷酸教书匠"，大有"道不同不相为谋"的气概。有时还特别显示点大爷就是这股子劲，看着不顺眼，搬哪！于是乎下班之后约些朋友打打小牌。越是更深人静，红中白板叫得越响，碰巧就继续到天亮，叫车送客忙了一大阵，这且不提。

你遇见这样对头最好忍受。你若一干涉，好，事情更来得重，没事先拉拉胡琴，约个人唱两出。久而久之，来个"坐打二簧"，锣鼓一齐响，你不搬家还等着什么？想用功到时候了，人家却是该玩的时候；你说明天第一堂有课，人家十时多才上班。你想着票友散了，先睡一觉，人家楼上孩子全起来了，玩橄榄球，拉凳子，打铁壶又跟上了。心中老害怕薄薄一层楼板，早晚是全军覆没，盖上木头被褥，那才高兴呢！

一封客客气气的劝告信，满希望等楼上的先生下了班，送了过去，发生点效力。一会儿楼上老妈子推门进来说，我们太太不认识字，老爷不在家，太太说不收这封信。好吧，接过来，整个丢进字纸篓里。自愧没作公安局长。

一个月后，房子才算妥当了，半年为期，没有什么难堪条件。回来对她一说，她先摇头，难道楼下你还没住够？我说，这次可担保，一定没有以前所受的流弊。房子够住，地点适宜，离学校，菜市，大街都近，而且喜欢遇到整齐的院子，又带着一个大空后院，练球，跳远，打拳都行。再说楼上只住老夫妇俩，还是教育界。她点了点头。

两辆大敞车，把所有的动产，在一早晨都搬了过去，才又发现门口正对着某某宿舍三个敞口大垃圾箱。掩鼻而过可也！

青岛与山大

北中国的景物是由大漠的风与黄河的水得到色彩与情调：荒、燥、寒、旷、灰黄，在这以尘沙为雾，以风暴为潮的北国里，青岛是颗绿珠，好似偶然的放在那黄色地图的边儿上。在这里，可以遇见真的雾，轻轻的在花林中流转，愁人的雾笛仿佛像一种特有的鹃声。在这里，北方的狂风还可以袭入，激起的却是浪花；南风一到，就要下些小雨了。在这里，春来的很迟，别处已是端阳，这里刚好成为锦绣的乐园，到处都是春花。这里的夏天根本用不着说，因为青岛与避暑永远是相联的。其实呢，秋天更好：有北方的晴爽，而不显着干燥，因为北方的天气在这里被海给软化了；同时，海上白的湿气又被凉风吹散，结果是天与海一样的蓝，湿与燥都不走极端；虽然大雁还是按时候向南飞，可是此地到菊花时节依然是很暖和的。在海边的微风里，看高远深碧的天上飞着雁字，真能使人暂时忘了一切，即使欲有所思，大概也只有赞美青岛吧。冬天可实在不能令人满意，有相当的冷，也有不小的风。但是，这里的房屋不像北平的那样以纸糊窗，街道上也没有尘土，于是冷与风的厉害就减少了一些。再说呢，夏季的青岛是中外有钱有闲的人们的娱乐场所，因为他们与她们都是来享福取乐，所以不惜把壮丽的山海弄成烟酒香粉的世界。到了冬天，他们与她们都另寻出路，把山海自然之美交给我们久住青岛的人。雪天，我们可以到栈桥去望那美若白莲的远岛；风天，我们可以在夜里听着寒浪的击荡。就是不风不雪，街上的行人也不甚多，到处呈现着严肃的气象，我们也可以吐一口气，说：这是山海的真面目。

一个大学或者正像一个人，它的特色总多少与它所在的地方有些关系。山大虽然成立了不多年，但是它既在青岛，就不能不带些青岛味儿。这也就是常常引起人家误解的地方。一般的说，人们大概常会这样想：山大立在青岛恐怕不大合适吧？舞场，咖啡馆，电影院，浴场……在花花世界里能安心读书吗？这种因爱护而担忧的猜想，正是我们所愿解答的。在前面，我们叙述了青岛的四时：青岛之有夏，正如青岛之有冬；可是一般人似乎只知其夏，不知其冬，猜测多半由此而来。说真的，山大所表现的精神是青岛的冬。是呀，青岛忙的时候也是山大忙的时候，学会咧，参观团咧，讲习会咧，有时候同时借用山大作会场或宿舍，热忙非常。但这总是在夏天，夏天我们也放假呀。当我们上课的期间，自秋至冬，自冬至初夏，青岛差不多老是静寂的。春山上的野花，秋海上的晴霞，是我们的，避暑的人们大概连想也没想到过。至于冬日寒风恶月里的寂苦，或者也只有我们的读书声与足球场上的欢笑可与相抗；稍微贪点热闹的人恐怕连一个星期也住不下去。我常说，能在青岛住过一冬的，就有修仙的资格。

我们的学生在这里一住就是四冬啊！他们不会在毕业时候都成为神仙——大概也没人这样期望他们——可是他们的静肃态度已经养成了。一个没到过山大的人，也许容易想到，青岛既是富有洋味的地方，当然山大的学生也得洋服唧当的，像些华侨子弟似的。根本没有这一回事。山大的校舍是昔年的德国兵营，虽然在改作学校之后，院中铺满短草，道旁也种上了玫瑰，可是它总脱不了营房的严肃气象。学校的后面左面都是小山，挺立着一些青松，我们每天早晨一抬头就看见山石与松林之美，但不是柔媚的那一种。学校里我们设若打扮得怪漂亮的，即使没人多看两眼，也觉得仿佛有些不得劲儿。整个的严肃空气不许我们漂亮，到学校外去，依然用不着修饰。六七月之间，此处固然是万紫千红，士女如云，好一片摩登景象了。可是过了暑期，海边上连个人影也没有；我们大概用不着花花绿绿的去请白鸥与远帆来看吧？因此，山大虽在青岛，而很少洋味儿，制服以外，蓝布大衫是第二制服。就是在六七月最热闹的时候，我们还是如此，因为朴素成了风气，蓝布大衫一穿大有"众人摩登我独古"的气概。

还有呢，不管青岛是怎样西洋化了的都市，它到底是在山东。"山东"二字满可以用作朴俭静肃的象征，所以山大——虽然学生不都是山东人——不但是个北方大学，而且是北方大学中最带"山东"精神的一个。我们常到崂山去玩，可是我们的眼却望着泰山，仿佛是。这个精神使我们朴素，使我们能吃苦，使我们静默。往好里说，我们是有一种强毅的精神；往坏里讲，我们有点乡下气。不过，即使我们真有乡下气，我们也会自傲的说，我们是在这儿矫正那有钱有闲来此避暑的那种奢华与虚浮的摩登，因为我们是一群"山东儿"——虽然是在青岛，而所表现的是青岛之冬。

至于沿海上停着的各国军舰，我们看见的最多，此地的经济权在谁何之手，我们知道的最清楚；这些——还有许多别的呢——时时刻刻刺激着我们，警告着我们，我们的外表朴素，我们的生活单纯，我们却有颗红热的心。我们眼前的青山碧海时时对我们说：国破山河在！于此，青岛与山大就有了很大的意义。

第二章

才华是刀刃，辛苦是磨刀石，再锋利的刀刃，若日久不磨，也会生锈

读书

若是学者才准念书，我就什么也不要说了。大概书不是专为学者预备的；那么，我可要多嘴了。

从我一生下来直到如今，没人盼望我成个学者；我永远喜欢服从多数人的意见。可是我爱念书。

书的种类很多，能和我有交情的可很少。我有决定念什么的全权；自幼儿我就会逃学，楞挨板子也不肯说我爱《三字经》和《百家姓》。对，《三字经》便可以代表一类——这类书，据我看，顶好在判了无期徒刑以后去念，反正活着也没多大味儿。这类书可真不少，不知道为什么；也许是犯无期徒刑罪的太多；要不然便是太少——我自己就常想杀些写这类书的人。我可是还没杀过一个，一来是因为——我才明白过来——写这样书的人敢情有好些已经死了，比如写《尚书》的那位李二哥。二来是因为现在还有些人专爱念这类书，我不便得罪人太多了。顶好，我看是不管别人；我不爱念的就不动好了。好在，我爸爸没希望我成个学者。

第二类书也与咱无缘：书上满是公式，没有一个"然而"和"所以"。据说，这类书里藏着打开宇宙秘密的小金钥匙。

我倒久想明白点真理，如地是圆的之类；可是这种书别扭，它老瞪着我。书不老老实实的当本书，瞪人干吗呀？我不能受这个气！有一回，一位朋友给我一本《相对论原理》，他说：明白这个就什么都明白了。我下了决心去念这本宝贝书。读了两个"配纸"，我遇上了一个公式。我跟它"相对"了两点多钟！往后边一看，公式还多了去啦！我知道和它们"相对"下去，它们也许不在乎，我还活着不呢？

可是我对这类书，老有点敬意。这类书和第一类有些不同，我看得出。第一类书不是没法懂，而是懂了以后使我更糊涂。以我现在的理解力——比上我七岁的时候，我现在满可以作圣人了——我能明白"人之初，性本善"。明白完了，紧跟着就糊涂了；昨儿个晚上，我还挨了小女儿——玫瑰唇的小天使——一个嘴巴。我知道这个小天使性本不善，她才两岁。第二类书根本就看不懂，可是人家的纸上没印着一句废话；懂不懂的，人家不闹玄虚，它瞪我，或者我是该瞪。我的心这么一软，便把它好好放在书架上；好打好散，别太伤了和气。

这要说到第三类书了。其实这不该算一类；就这么算吧，顺嘴。这类书是这样的：名气挺大，念过的人总不肯说它坏，没念过的人老怪害羞的说将要念。譬如说《元曲》，太炎"先生"的文章，罗马的悲剧，辛克莱的小说，《大公报》——不知是哪儿出版的一本书——都算在这类里，这些书我也都拿起来过，随手便又放下了。这里还就属那本《大公报》有点劲。我不害羞，永远不说将要念。好些书的广告与威风是很大的，我只能承认那些广告作得不错，谁管它威风不威风呢。

"类"还多着呢，不便再说；有上面的三项也就足以证明我怎样的不高明了。该说读的方法。

怎样读书，在这里，是个自决的问题；我说我的，没勉强谁跟我学。第一，我读书没系统。借着什么，买着什么，遇着什么，就读什么。不懂的放下，使我糊涂的放下，没趣味的放下，不客气。我不能叫书管着我。

第二，读得很快，而不记住。书要都叫我记住，还要书干吗？

书应该记住自己。对我，最讨厌的发问是："那个典故是哪儿的呢？""那句书是怎么来着？"我永不回答这样的考问，即使我记得。

我又不是印刷器养的，管你这一套！

读得快，因为我有时候跳过几页去。不合我的意，我就练习跳远。书要是不服气的话，来跳我呀！看侦探小说的时候，我先看最后的几页，省事。

第三，读完一本书，没有批评，谁也不告诉。一告诉就糟："嘿，你读《啼笑因缘》？"要大家都不读《啼笑因缘》，人家写它干吗呢？一批评就糟："尊家这点意见？"我不惹气。读完一本书再打通儿架，不上算。我有我的爱与不爱，存在我自己心里。我爱念什么就念，有什么心得我自己知道，这是种享受，虽然显得自私一点。

再说呢，我读书似乎只要求一点灵感。"印象甚佳"便是好书，我没工夫去细细分析它，所以根本便不能批评。"印象甚佳"有时候并不是全书的，而是书中的一段最入我的味；

因为这一段使我对这全书有了好感；其实这一段的美或者正足以破坏了全体的美，但是我不去管；有一段叫我喜欢两天的，我就感谢不尽。因此，设若我真去批评，大概是高明不了。

第四，我不读自己的书，不愿谈论自己的书。"儿子是自己的好"，我还不晓得，因为自己还没有过儿子。有个小女儿，女儿能不能代表儿子，就不得而知。"老婆是别人的好"，我也不敢加以拥护，特别是在家里。但是我准知道，书是别人的好。别人的书自然未必都好，可是至少给我一点我不知道的东西。自己的，一提都头疼！自己的书，和自己的运气，好像永远是一对儿累赘。

第五，哼，算了吧。

写字

假若我是个洋鬼子，我一定也得以为中国字有趣。换个样儿说，一个中国人而不会写笔好字，必定觉得不是味儿；所以我常不得劲儿。

写字算不算一种艺术，和作官算不算革命，我都弄不清楚。我只知道好字看着顺眼。顺眼当然不一定就是美，正如我老看自己的鼻子顺眼而不能自居姓艺名术字子美。可是顺眼也不算坏事，还没有人因为鼻子长得顺眼而去投河。再说，顺眼也颇不容易；无论你怎样自居为宝玉，你的鼻子没有我的这么顺眼，就干脆没办法；我的鼻子是天生带来的，不是在医院安上的。说到写字，写一笔漂亮字儿，不容易。工夫，天才，都得有点。这两样，我都有，可就是没人求我写字，真叫人起急！

看着别人写，个儿是个儿，笔力是笔力，真馋得慌。尤其堵得慌的是看着人家往张先生或李先生那里送纸，还得作揖，说好话，甚至于请吃饭。没人理我。我给人家作揖，人家还把纸藏起去。写好了扇子，白送给人家，人家道完谢，去另换扇面。气死人不偿命，简直的是！

只有一个办法：遇上丧事必送挽联，遇上喜事必送红对，自己写。敢不挂，玩命！人家也知道这个，哪敢不挂？可是挂在什么地方就大有分寸了。我老得到不见阳光，或厕所附近，找我写的东西去。行一回人情总得头疼两天。

顶伤心的是我并不是不用心写呀。哼，越使劲越糟！纸是好纸，墨是好墨，笔是好笔，工具满对得起人。写的时候，焚上香，开开窗户，还先读读碑帖。一笔不苟，横平竖直；挂起来看吧，一串倭瓜，没劲！不是这个大那个小，就是歪着一个。行列有时像歪脖树，有时像曲线美。整齐自然不是美的要素；要命是个个字像傻蛋，怎么耍俏怎么不行。纸算糟蹋远了去啦。要讲成绩的话，我就有一样好处，比别人糟蹋的纸多。

可是，"东风常向北，北风也有转南时"，我也出过两回锋头。一回是在英国一个乡村里。有位英国朋友死了，因为在中国住过几年，所以留下遗言，墓碣上要几个中国字。我去吊丧，死鬼的太太就这么跟我一提。我晓得运气来了，登时包办下来；马上回伦敦取笔墨砚，紧跟着跑回去，当众开彩。全村子的人横是差不多都来了吧，只有我会写；我还告诉他们：我不仅是会写，而且写得好。写完了，我就给他们掰开揉碎的一讲，这笔有什么讲究，哪笔有什么讲究。他们的眼睛都睁得圆圆的，眼珠里满是惊叹号。我一直痛快了半个多月。后来，我那几个字真刻在石头上了，一点也不瞎吹。"光荣是中国的，艺术之神多着一位。天上落下白米饭，小鬼儿啊啊的哭；因为仓颉泄露了天机！"我还记得作了这样高伟的诗。

第二回是在中国，这就更不容易了。前年我到远处去讲演。那里没有一个我的熟人。讲演完了，大家以为我很有学问，我就棍打腿的声明自己的学问很大，他们提什么我总知道，不知道的假装一笑，作为不便于说，他们简直不晓得我吃几碗干饭了，我更不便于告诉他们。提到写字，我又那么一笑。喝，不大会儿，玉版宣来了一堆。我差点乐疯了。平常老是自己买纸，这回我可捞着了！我也相信这次必能写得好：平常总是拿着劲，放不开胆，所以写的不自然；这次我给他个信马由缰，随笔写来，必有佳作。中堂，屏条，对联，写多了，直写了半天。写的确是不坏，大家也都说好。就是在我辞别的时候，我看出点毛病来：好些人跟招待我的人嘀咕，我很听见了几句："别叫这小子走！""那怎好意思？""叫他赔纸！""算了吧，他从老远来的。"……招待员总算懂眼，知道我确是卖了力气写的，所以大家没一定叫我赔纸；到如今我还以为这一次我的成绩顶好，从量上质上说都下得去。无论怎么说，总算我过了瘾。

我知道自己的字不行，可有一层，谁的孩子谁不爱呢！是不是，二哥？

谈读书

我有个很大的毛病：读书不求甚解。

从前看过的书，十之八九都不记得；我每每归过于记忆力不强，其实是因为阅读时马马虎虎，自然随看随忘。这叫我吃了亏——光翻动了书页，而没吸收到应得的营养，好似把好食品用凉水冲下去，没有细细咀嚼。因此，有人问我读过某部好书没有，我虽读过，也不敢点头，怕人家追问下去，无辞以答。这是个毛病，应当矫正！丢脸倒是小事，白费了时光实在可惜！

矫正之法有二：一曰随读随作笔记。这不仅大有助于记忆，而且是自己考试自己，看看到底有何心得。我曾这么办过，确有好处。不管自己的了解正确与否，意见成熟与否，反正写过笔记必得到较深的印象。及至日子长了，读书多了，再翻翻旧笔记看一看，就能发现昔非而今是，看法不同，有了进步。可惜，我没有坚持下去，所以有许多读过的著作都忘得一干二净。既然忘掉，当然说不上什么心得与收获，浪费了时间！

第二个办法是：读了一本文艺作品，或同一作家的几本作品，最好找些有关于这些作品的研究、评论等著述来读。也应读一读这个作家的传记。这实在有好处。这会使我们把文艺作品和文艺理论结合起来，把作品与作家结合起来，引起研究兴趣，尽管我们并不想作专家。有了这点兴趣，用不着说，会使我们对那些作品与那个作家得到更深刻的了解，吸取更多的营养。孤立地读一本作品，我们多半是凭个人的喜恶去评断，自己所喜则捧入云霄，自己所恶则弃如粪土。事实上，这未必正确。及至读了有关这本作品的一些著述，我们就会发现自己的错误。这并不是说我们应该采取人云亦云的态度，不便自作主张。不是的。这是说，我们看了别人的意见，会重新去想一想。这么再想一想便大有好处。至少它会使我们不完全凭感情去判断，减少了偏见。去掉偏见，我们才能够吸取营养，扔掉糟粕——个人感情上所喜爱的那些未必不正是糟粕。

在我年轻的时候，我极喜读英国大小说家狄更斯的作品，爱不释手。我初习写作，也有些效仿他。他的伟大究竟在哪里？我不知道。我只学来些耍字眼儿，故意逗笑等等"窍门"，扬扬得意。后来，读了些狄更斯研究之类的著作，我才晓得原来我所摹拟的正是那个大作家的短处。他之所以不朽并不在乎他会故意逗笑——假若他能够控制自己，减少些绕着弯子逗笑儿，他会更伟大！特别使我高兴的是近几年来看到些以马克思主义文艺观点写成的评论。这些评论是以科学的分析方法把狄更斯和别的名家安放在文学史中最合适的地位，既说明他们的所以伟大，也指出他们的局限与缺点。他们仍然是些了不起的巨人，但不再是完美无缺的神像。这使我不再迷信，多么好啊！是的，有关于大作家的著作有很多，我们读不过来，其中某些旧作读了也不见得有好处。读那些新的吧。

真的，假若（还暂以狄更斯为例）我们选读了他的两三本代表作，又去读一本或两本他的传记，又去读几篇近年来发表的对他的评论，我们对于他一定会得到些正确的了解，从而取精去粗地吸收营养。这样，我们的学习便较比深入、细致，逐渐丰富我们的文学修养。这当然需要时间，可是细嚼烂咽总比囫囵吞枣强得多。

此外，我想因地制宜，各处都成立几个人的读书小组，约定时间举行座谈，交换意见，必有好处。我们必须多读书，可是工作又很忙，不易博览群书。假若有读书小组呢，就可以各将所得，告诉别人；或同读一书，各抒己见；或一人读《红楼梦》，另一人读《曹雪芹传》，另一人读《红楼梦研究》，而后座谈，献宝取经。我想这该是个不错的方法，何妨试试呢。

看宽一点

六七十年前，京剧三大须生（汪、孙、谭）鼎立，各有千秋。到了我上小学的时候，三大艺人俱入晚境，他们的歌腔却仍脍炙人口，余韵未歇。街头巷尾，老少争鸣，这里高歌"过了一天又一天，心中好似滚油煎"（汪派的《文昭关》）；那里力吼"小东人，闯下了，滔天大祸"（孙派的《教子》）；连妇女与小儿也时时咏叹着"店主东，带过了，黄骠马"（谭派的《卖马》）。稍后，则刘鸿升的《斩黄袍》、汪笑侬的《马前泼水》中的一部分戏词，正如今日周信芳的《追韩信》、马连良的《甘露寺》的某些部分，到处摹拟，力求逼肖。

曲艺中，特别是单弦与京韵大鼓，也有同样的情况，而且由票友们写出了大量的作品。

这个风气，今天不但还存在，而且更加热闹了：京剧而外，工厂与农村里也摹唱各种地方戏、各样鼓词，外加新的歌剧；百花齐放，各取所喜。

稍加留意，就听得出来，大家所唱的都是戏曲与曲艺中的韵语。原来，戏曲与曲艺的唱词是与诗歌分不开的。古代戏曲，除了一些俗语话白，都是精心撰制的诗词。后来，产自民间的戏曲，虽然唱词不能都达到诗的水平，却仍力求节奏分明，合辙押韵。所以，我刚才用了"韵语"二字。这就是说：唱词虽袭取了某些诗词的格式，而在质量上未能珠光宝气，都成为美妙的诗篇。是的，"店主东，带过了，黄骠马"是仗着谭腔传世，并无多少诗意。有的唱词，如"人来带过马走战"等等，不但全乏诗意，而且欠通。这不能怪艺人。在旧时代里，诗人骚客往往不屑于给民间的创作加工，而艺人文化水平又不都很高，于是东拼西凑，马马虎虎。有些唱词本来通顺，而艺人口传心授，以讹传讹，乃至越来越不像话。现在，各剧种都在表演时打字幕，有时唱腔本可博得彩声，可是抬头一看字幕，便悄然而止，颇为伤心。有些词句的确欠通啊！这个毛病，甚至在新编的戏曲与曲艺节目中也未完全清除。

这是件值得我们注意的事。首先是：戏曲与曲艺是广大人民所喜爱的。人民不但爱去听它们，而且高兴学会几句，供自己消遣。虽然没有统计过，我们却可以相信，会哼几句京剧或地方戏的一定要比爱朗诵诗歌的多着许多。从时间上说，"过了一天又一天"等等，已在我的耳朵里响了五六十年！当时的那些骚人墨客万没想到，他们自己所写的诗词也许一句也没传下来，而"过了一天又一天"却仍活在人的口中。他们若生在今天，我想他们会恍然大悟，会给戏曲与曲艺帮帮忙的。说到这里，我就想起当今的诗人，好不好自告奋勇，伸伸手帮点忙呢？是自告奋勇，绝对不许勉强！我知道，有一些诗人已经帮过忙或正在帮忙，但是还很不够。我们有四百多个剧种，而每一剧种又都有多少多少传统剧目，且需写新戏。即使我们所有的诗人都去帮忙，也还是不够用。那么，一位也不去帮忙，不更糟了么？有的青年，请原谅我的嘴直，把诗的领域划得太小了。他们以为只有新诗是诗，别的都不算数。事实上，戏曲与曲艺中虽然有不少不怎样的韵语，可也的确有不少好的诗。有一天，一位工人同志听完一段传统的鼓词，对我说："这是诗呀！咱们为什么不多写这类的诗，既是诗，又能表演，多么好啊！"对了，青年朋友们，这位同志说的有点意思，请想想吧！别从门缝里看诗，把它看扁；诗的领域可宽的很咧！"小东人""店主东"等等还可以传唱几十年或几百年，何况比它们更好的词句呢？人民既喜唱"小东人"等，干吗不爱真正的诗句呢？若是人人都唱着一些字句美，腔调美，思想美的唱词，不是更能陶冶性情，提高政治觉悟与文艺欣赏么？还有，艺人们既能给"店主东"安上那么好的腔儿，若遇到情文并茂的唱词，他们怎能不更精心地安腔遣字，充分发挥创造的才能呢？

写惯了新诗，忽然去写戏曲或曲艺的唱词，并不能马上成功。须下一番工夫。学习什么不要下苦功？下些工夫，既帮助了戏曲与曲艺的发展与提高，又无碍于写新诗，只是添了些本事，有什么坏处呢？要写新诗就写新诗，该写戏曲或曲艺，也不推辞；双管齐下，两条腿走路，难道不好吗？我们的戏曲与曲艺需要大家帮忙：传统节目有待整理与加工，新的节目急须创作。设若总是没有多少人会写唱词，提高唱词，可怎么办呢？我不劝告任何一位新诗人放弃新诗，去专写剧本或鼓词。各人有各人的嗜爱与兴趣，不可强同。我是说，来帮帮忙，学点新本领，谁也不会吃亏。我们曾经有过不少伟大的诗人，创作了不朽的诗剧。那么，我们怎么就不可以为戏曲与曲艺劳动劳动呢？假若通过我们的劳动，而人民都高歌着最美丽的唱词，代替了"小东人，闯下了，滔天大祸"，不也很好吗？戏曲与曲艺的唱词本该是雅俗共赏的诗，与诗人大有关系。我们不应因看到一些俗俚欠通的老词儿就鄙视戏曲与曲艺，老词儿中也有很好的诗。我们应当学习那些好的，而给不好的去加工，并创作更好的新词儿。雅俗共赏的唱词并不容易写，我们去学习学习，或者还有益于新诗的创作呢。把诗看宽一些，从而丰富我们的写作本领，一定有益无损。

是的，雅俗共赏实在不容易作到。太雅，难免脱离群众。太俗，又难于精炼。俗而不通，固然是个毛病；雅而不通，就更莫名其妙，不知所云。雅与俗能够很好地结合，词达理畅，可真不容易。

这值得我们学习。

我真希望诗人们把他们的热情带到戏曲与曲艺中来，给戏曲与曲艺以有力的支持，使它们得到新的血液，推陈出新，雅俗共赏，好一番峥嵘气象！

投稿

先声明，我并不轻视为投稿而作文章的人，因为我自己便指着投稿挣饭吃。

这，却挡不住我要说的话。投稿者可以就是文艺家，假若他的稿子有文艺的价值。投稿者也许成不了个文艺家，假若他专为投稿而投稿。专为投稿而投稿者，第一要审明刊物的性质，以期一投而中。刊物要什么文章，他便写什么文章，于是他少不得就不懂而假充懂，可以写非洲探险，也可以写家庭常识，而究其实则一无所知。第二要看清刊物所特喜的文字，幽默或严肃，激烈或温柔，随行市而定自己的喜怒哀乐，文字合格恰巧也就是感情的虚晃一刀，并无真实力量。有此二者，事不深知，文字虚浮，乃成毛病。

有志文艺的青年，往往以投稿为练习，东一小篇，西一小篇，留神刊物某某特辑的征文启事，揣摩着某某编辑所喜的风格，结果：东一小篇，西一小篇，都发表出来，而失去自己——连灵魂带文字一齐送给了模仿——投机，这是最吃亏的事。练习是必需的，但是这样以刊物编辑的标准为标准，只能把自己送了礼，而落下了一股子新闻气在笔尖上。编辑只管一个刊物，并非文艺之神，不可不知。

为拿稿费，自然也是投稿的动机之一——连我自己也这样，并不怎么可耻；吃饭本是人生头一件大事。但是越为要钱，便越紧追着编辑先生们，甚至有时造些谣言以博编辑的欢心及读者的一笑，这便连人格也丢了。

好文章到底是好文章，它总会一鸣惊人，连编辑也没法不打自己的嘴巴。使编辑先生瞪眼的东西而不被录用，那是编辑先生的错儿。使编辑先生搭拉着眼皮去看的东西，就是回回发表出来也没什么光荣。练习你自己的吧，不必管刊物和编辑。你要成一只会高飞的鹰，莫作被抽击才会转动的陀螺。

谈教育

叫我谈现代教育，这可不容易办！我这个家伙不会瞪着眼批评。我最喜欢和朋友们瞎扯，用不着"诗云"，也用不着"子曰"；想叫我有头有尾的说一遍，我没那个本事。是呀，我偶尔心血来潮，也能看出事情的好坏来。可是，我的脾气永远使我以好坏为事实；这就是说，我承认事实而不愿再想一遍——好的怎能再好，坏的怎当矫正。我不会这一套，我不会把自己放在高山上，指挥着大家应怎么怎么；何者对，何者不对；使世界成一条线，串起一切众生，都看齐立正开步走。

对于现代教育，我说什么呢？我不怕人家笑我说的不对，我怕歪打正着的偏偏说对，而被人称为大师，或二师，或师弟，甚至于师妹。我要是有饭吃，我决不当教员。我最大的希望是有人每月供给我二百块钱，什么事也不做，闲着一劲的吃饭与瞎扯。

提起现代的教育，我以为这是应该高兴的。先由教员说吧，要是没有教育，这群人——连我算上——上哪儿挣钱去？由这一点往下想，教育仍当扩充；薪水最好也再增高一些；

对教员应使之"清"，而不宜使之"苦"。

说到学生，现在的学生实在可羡慕：念许多书，学洋文，知天文，晓地理，还看报纸，也会踢球，这也就很够了。这样的青年，拿到一张文凭，去作官，去发财，去恋爱，本是分所应得，近情近理。不过是呢，穷人不大容易享受这些利益，未免是个缺点。可细那么一想呢，种瓜得瓜，种银元得金镑；蛤蟆垫桌腿，本当死挨，那有什么法儿呢！

至于学校，那太好了。一个个衙门似的，这个课长，那个主任，出布告，写讲义，有科学馆，体育场，图书馆，可谓应有尽有，诸事大吉。教书有种种教员，训育有主任，指导赛跑也有专员。由学校看，中国显然有了极大的进步。虽然由学校与人口的比例上看，学校还微嫌少着两三个，可是能有这么多，这么好，也就满说得下去了。

统而言之，我觉得现在中国的教育够甲等。也许这太乐观了些。可是在这个年月，不乐观又怎样呢？

论创作^[1]

　　要创作当先解除一切旧势力的束缚。文章义法及一切旧说，在创作之光里全没有存在的可能。

　　对于旧的文艺，应有相当的认识，不错，因为它们自有它们的价值。但是不可由认识古物而走入迷古；事事以古代的为准则，便是因沿，便是消失了自身。即使摹古有所似，究是替古人宣传。即使考古有所获，究是文学以外之物，不是文学的本身。

　　托尔司太说："每人都有他的特性，和他独有的，个人的，奇异的，复杂的疾病。这点疾病是医学中所不知道的，它不是医书中所载之肺病，肝病，皮肤病，心脏病，神经病；它是由这各种机关的不调和而成的。这个道理是医生所不能晓得的。"这段话很好拿来说明文学的认识：好考证的，好研究文章义法的，好研究诗词格律的，好考究作家历史的，好玩弄版本沿革的，都足以著书立论，都足以作研究文学的辅助；但这些东西都不是文学的本身，文学的本身是高于这一

---

　　[1]　本篇发表时署名"舒舍予"。

切，而不是这些专家所能懂的。

在旧书中讨生活的可以作学者，作好教授；但是往往流于袓古，心灵便滞塞了；往往抱着述而不作的态度，这个态度便是文学衰死的先兆。

抱着"松花"是不会孵出小鸡的。想孵出小鸡，顶好找几个活卵。

读一本伟大的创作，便胜于读一百本关于文学的书。读过几段《红楼梦》，便胜于读十几篇红楼考证的文字。文学是生命的诠解，不是考古家的玩艺儿。

文学的批评不是一字一句的考证，是欣赏，是估定文学的价值。我们"真"读了杜甫，便不再称他为"诗圣"，因为还要拿他与世界上的大诗人比一比，以便看出他到底怎么高明。这样看出短长，我们便不复盲从，不再迷信自家古物。承认杜甫没有莎士比亚伟大，决不是污蔑杜甫，我们要知道的是世界上最好的作品；世界！抱着几本黄纸线装书便不能满足我们了！

孔子说：读诗可以迩之事父，远之事君，多识于鸟兽草木之名。在文学史中，这些话便是好材料。从文学上看，孔子对于诗根本是外行。真要多识鸟兽草木之名，动植物教科书岂不更有用，何必读诗？我们今日还拿孔子的话说诗，便是糊涂。以孔子的话还给孔子，以我们自己的眼光认识文学，才真能有所了解。

不因沿才有活气，志在创作才有生命。

我们的《红楼梦》节翻成英文，我们的《三国志演义》

也全部译成外国语，对于外国文学有什么影响？毫无影响！再看看俄国诸大家的作品，一经翻译，便震动了全世界！不要自馁，我们的好著作叫人家比下去，不是还有我们吗？努力创作，只有创作是发扬国光，而利泽施于全世的。

我们自有感情，何必因李白、白乐天酒后牢骚，我们也就牢骚。我们自有观察力，何必拿"盈盈宝靥，红酣春晓之花；浅浅蛾眉，黛画初三之月"等等敷衍。我们自有判断，何须借重古句古书。因袭偷巧是我们的大毛病，这么一个古国，这么多的书籍，真有高超思想，妙美描写的，可有几部？真诚是为文第一要件，藉风花雪月写我们的心情，要使读者，读了文字，也读心情，看不出文字与心灵的分歧处。文字是工具，是符号；思想感情是个人的，是内心的。文字通过心灵的锻炼，便成了个人的。风花雪月是外面的，经过心灵的浸洗，便是由心灵吹出来的风花雪月的现象，使读者看见，同时也闻到花的香，听到风的响，还似醉非醉，似梦非梦的迷恋在这诗境之中，这便是文学作品的成功。

批评家可以不会创作，而没有一个创作家不会批评的。在他下笔之前，对于生命自然已有了极详细的视察，极严格的批评，然后才下笔写东西。读文者是由认识而批评而指导，正如作者之由认识而批评而指导。

反之，作者是抄袭摹拟，读者是挑剔字句的毛病，这作者读者便该捆在一处，各打四十大板。

对于生命与自然由认识批评指导，才能言之有物。批评不是专为挑剔毛病，要在指导。胡适先生批评旧文字的弊病，同时他指导出新文字的应用，于是这几年来文学界中才有一些生气。指导是积极的，对于文学的发展，效力最大。

文字的限制是中国文学不伟大的一因。文字呆板，加以因袭的毛病，文学便成了少数人的玩艺，而全无生气。抄袭旧辞，调弄平仄是瓦匠砌墙，不是大建筑家的计划。现在好了，文字的束缚除解了许多，我们可以用活文字写东西了。可是毛病还有：第一，白话的本身是很穷窘的，句的结构太少变化，字的太少伸缩，文法的太简单，用字的简少，都足以妨碍思想发表的自由。但是这文字本身的恶劣，我们既不打算采用某种外国语来代替，也就只好努力利用这不漂亮的国货。第二，白话已是成形的东西，可是白话文学还在萌芽期中，这便是我们的责任来创筑一座新的金塔。我们最大的毛病便是不肯吃苦，每当形容景物，便感觉到白话的简陋不够用，而去偷几个古字来撑门面。有的更聪明一点，便把偷来的辞句添上个"吗"，"呢"，"哟"来冒充自造。这便是二荤铺添女招待，原来卖的还是那些菜。

有思想自是作文最重要的事，但是不要忘了文学是艺术中的一个星球，美也是最要的成分。假如我们只有好思想，而不千锤百炼的写出来，那便是报告，而不是文艺。文学的真实，是真实受了文学炼洗的；文学家怎样利用真实比是不是真实还要紧。在文字上不下一番工夫，作品便不会高贵。我们应有作八股文的态度，字字句句要细心配对，我们的作品，要成为文字的结晶，要使读者不再想引用古句，而引用我们自己的话。我们不能改定过去，但将来的历史是由我们造成的！使将来的人们忘了《离骚》、诸子，而引据我们，是我们应有的野心。有人说：兴会所至，下笔万言，不增删一字。这或者是事实，可是我不敢这样信，更不敢这样办。"他永远是作文章，点，冒号，分号，惊叹号，问号永远在他的眼前。"这是乔治姆耳称赞沃路特儿拍特儿的话，也是我们当遵从的。

要看问题：凡是一件事的发生，不会被喊打倒的打倒，也不会因有喊万岁的而万岁。文学家的态度是细细看问题，然后去指导。没有问题，文学便渐成了消闲解闷之品；见着问题而乱嚷打倒或万岁，便只有标语而失掉文学的感动力。伟大的创作，由感动渐次的宣传了主义。粗劣的宣传，由标语而毁坏了主义。

创作：抛开旧势力的重负，抱着批评的态度，有了自己的思想，用着活的文字，看着一切问题，我们的国家已经破产，我们还甘于同别人一块儿作梦吗？我们忠诚于生命，便不能不写了。在最近二三十年我们受了多少耻辱，多少变动，多少痛苦，为什么始终没有一本伟大的著作？不是文人只求玩弄文字，而精神上与别人一样麻木吗？我们不许再麻木下去，我们且少掀两回《说文解字》，而去看看社会，看看民间，看看枪炮一天打杀多少你的同胞，看看贪官污吏在那里耍什么害人的把戏。看生命，领略生命，解释生命，你的作品才有生命。看，看便起了心灵的感应，这个感应便是生命的呼声。看，看别人，也看自己；看外面，也用直觉；这样便有了创作的训练。

创作！不要浮浅，不要投机，不计利害。活的文学，以生命为根，真实作干，开着爱美之花。

诗与散文 [1]

诗与散文的分别：Arthur Symons 说："Coleridge 这样规定，散文是'有美好排列的文字'；诗是'顶好的文字有顶好的排列'。但是这并不能证明为什么散文不可以是顶好的文字有顶好的排列。一定而再现的律动，可以分别诗与散文。诗是比散文易于记诵的，因为它有重复的拍节，人们想某事值得记存下来，或为它的美好（如歌或圣诗），或因它有用（像法律），便自然把它作成韵文。……在它的起源，散文根本不带艺术的味道，严格的说，它永远没有过，也永远不能像韵文、音乐、图画那样变为艺术。它渐渐发现了它的力量；它发现了怎样将它实用之点能炼化成美的；也学到了怎样去管束它的野性，远远的追随着韵文的一些规则。慢慢的它发展了自己的法则，可是因它本身的特质，这些法则不像韵文那样固定，那样有特别的体裁。……只有一件事散文不会作，它不会唱。散文与韵文有个分别，后者的文字被

---

[1]　本篇发表时的署名为"舒舍予"。系作者于 1934 年 10 月在国立山东大学中文系的学术演讲。由严曙明、王延琦记录。

律动所辖，如音乐之音节，有的时候差不多只有音乐的意思。散文的喜悦，似乎使我们落在尘埃上，因为散文的区域虽广，可是没有翅儿。"

这些话并不新奇，因为许多人是以律动的不同来分划诗与散文的。但是我们要问问，散文与韵文的律动，到底有什么绝对的不同呢？假如回答不出这个，上段的话便不算圆满。因为分别两种东西，一定要指出两者绝对不同之点，不然便无从分别起。我们再用 Herbert Read 的话看看吧："分别散文与韵文有两条路。（一）外表与机械的：诗是一种表现，严格的与音律相关；散文是另一种表现，不是音律的规则，但从事于极有变化的律动。但是，以诗立论，这种分别，显然的只足以说明韵语，而韵语不必是诗，是人人知道的——韵语实在只是一种形式，是，也许不是，曾受了诗的灵感。所以韵语并不是根本问题；它不过是律动的一种类而已。抽象的说，它只是死板板的，学院规法。这种规法永没有与散文对立过；所以散文与韵文没有确定的不同。我们不能不追求'诗'字的更重要的意义。诗与散文之分别，永远不能是定形的。无论怎样分析与规定韵律音节，无论怎样解释声调音量，也永远不会把诗与散文的种种变化，分入对立的两个营幕里去。我们至多也不过能说散文永远不会遵一定的音律，但这是消极的理由，而没有实在的价值。（二）心灵的分别：诗是一种心灵活动的表显，散文是另一种。诗是创造的表现，散文是构成的表现。创造的意思，即是独创的。在诗里，文字是在思想的动作中生产出或再生。这些文字是，用个柏格森的字，'蜕化'；文字的发展和思想的发展是同等的。在文字与思想之间，没有时间的停隔。思想是文字，文字便是思想，思想与文字全是诗。构成的是现成的东西，文字是建筑者的四围，预备着被采用。散文是把现成的文字结构起来。它的创造功能，限于筹划与设计——诗中自然也有这个，但在诗中这个是创造功能的辅助物。"

这个主张比西蒙氏的强，因为这足以说明，诗是创造的，不专以排列音韵为能事。由这我们可以看出好几点来：

一、既知诗的成功在思想与音律，而二者是分不开的，则容易看出来什么是诗，什么不是诗。假若诗中的文字音律不是创造的，而只按一定的格式填成，便不是诗，虽然有诗的形式。凡有韵律的都可以叫作韵语，而韵语不都是诗。亚里士多德说过："诗人应为神话的制造者，不是韵律的制造者。"

二、这样说明诗与韵语之别，可以免去无谓的争执——如诗的格式应如何，诗是否应用韵等。照前面的道理说，诗的成立并不在遵守格式与否。诗的进展是时时在那里解放，以中国诗说，四言后有五言，五言之后有七言，有长短句，最近有白话诗，这是打破格式的进展。好的律诗与白话诗，可以用一条原则评定，即合乎文字与思想，是否全是为创造的，而不合乎格律的相同与否。

三、据以上的理由说，诗的言语与思想是互相萦抱的，诗之所以为言语之结晶也就在此。在散文中差不多以风格自然为最要紧，辞足达意有时比辞胜于意还好些。诗中便不然了，它的文字与思想，同属于创造的，所以它的感诉力要强烈的多。文字与思想不能分离，因而它的感诉力是直接的，极快的，如闪的忽至。中国祭文往往是用韵的，或者是利用这个道理吧？散文呢？能记住内容也就够了；读诗使你非记住文字不可。谁能把"剪不断，理还乱，是离愁，别是一般滋味在心头"的意思记住，而忘了文字呢？设若忘了这文字，意思也就忘了；因文字与思想恰恰不多不少相等。没有文字也没有意思。现在白话诗的缺点，即是忽略了文字的特质，而勉强用些外国体，或累赘的官话去写，只可算作了一半的诗。

四、言语和思想既不能分开，诗的形体也便随着言语的特质而分异。中国的言语本是简单的，所以诗句也是短的。勉强去学外国的诗格便多失败。因此译诗简直是一种不可能的事。因为丢了语言之美，诗已死了一半。

说到这里，我们又遇到一问题，散文是否可以算创造呢？如小说，这个问题似应这样解决：从狭义的诗来说，小说是散文的，因为它不能全体有诗的美。但是从广义的诗来说，诗是创造的，小说也是诗的。它虽用散文为工具，可是它的思想人物，都合乎创造的条件，而且每在写景时，差不多是与诗无二。这样我们简直可以说，小说是追随诗的最力的东西。它虽不能句句是诗，可以从大体上说，它是创造的。

诗人

　　设若有人问我：什么是诗？我知道我是回答不出的。把诗放在一旁，而论诗人，犹之不讲英雄事业，而论英雄其人，虽为二事，但密切相关，而且也许能说得更热闹一些，故论诗人。

　　好像记得古人说过，诗人是中了魔的人。什么魔？什么是魔？我都不晓得。由我的揣猜大概有两点可注意的：（一）诗人在举动上是有异于常人的，最容易看到的：有的诗人囚首垢面，有的爱花或爱猫狗如命，有的登高长啸，有的海畔行吟，有的老在闹恋爱或失恋，有的挥金如土，有的狂醉悲歌……在常人的眼中，这些行动都是有失体统的，故每每呼诗人为怪人、为狂士、为败家子。可是，这些狂士（或什么什么怪物）却能写出标准公民与正人君子所不能写的诗歌。怪物也许倾家败产，冻饿而死，但是他的诗歌永远存在，为国家民族的珍宝。这是怎一回事呢？

　　一位英国的作家仿佛这样说过：写家应该是有女性的人。这句话对不对？我不敢说。我只能猜到，也许本着这位写家自己的经验，他希望写家们要心细如发，像女子们那样精细。我之所以这样猜想者，也许表示了我自己也愿写家们对事物的观察特别详密。诗人的心细，只是诗人应具备的条件之一。不过，仅就这一个条件来说，也许就大有出入，不可不辨。诗人要怎样的心细呢？是不是像看财奴一样，到临死的时候还不放心床畔的油灯是点着一根灯草呢，还是两根？多费一根灯草，足使看财奴伤心落泪，不算奇怪。假若一个诗人也这样办呢？呵，我想天下大概没有这样的诗人！

　　一个人的才力是长于此，则短于彼的。一手打着算盘，一手写着诗，大概是不可能。诗人——也许因为体质的与众人不同，也许因天才与常人有异，也许因为所注意的不是油盐酱醋之类的东西——总有所长，也有所短，有的地方极注意，有的地方极不注意。有人说，诗人是长着四只眼的，所以他能把一团飞絮看成了老翁，能在一粒砂中看见个世界。至于这种眼睛能否辨别钞票的真假便没有听见说过了。他的眼要看真理，要看山川之美；他的心要世界进步，要人人幸福。他的居心与圣哲相同，恐怕就不屑于，或来不及，再管衣衫的破烂，或见人必须作揖问好了。所以他被称为狂士、为疯子。这狂士对那些小小的举动可以因无关宏旨而忽略，对大事可就一点也不放松，在别人正兴高采烈，歌舞升平的时节，他会极不得人心的来警告大家。人家笑得正欢，他会痛哭流涕。及至社会上真有了祸患，他会以身谏，他投水，他殉难！正如他平日的那些小举动被视为疯狂，他的这种舍身救世的大节也还是被认为疯狂的表现与结果。即使他没有舍身全节的机会，他也会因不为五斗米而折腰，或不肯赞谀什么权要，而死于贫困。他什么也没有，只有一些诗。诗，救不了他的饥寒，却使整个的民族有些永远不灭的光荣。诗人以饥寒为苦么？那倒也未必，他是中了魔的人！

说不定，我们也许能发现一个诗人，他既爱财如命，也还能写出诗来。这就可以提出第（二）来了：诗人在创作的时候确实有点发狂的样子。所谓灵感者也许就是中魔的意思吧。看，当诗人中了魔（或者有了灵感），他或碰倒醋瓮，或绕床疾走，或到庙门口去试试应当用"推"还是"敲"，或喝上斗酒，真是天翻地覆。他醒着也吟，睡着也唱，能闹几天几夜，忘寝废食。这时候，他把全部精力全拿出来，每一道神经都在颤动。他忘了钱——假使他平日爱钱。忘了饮食、忘了一切，而把意识中，连下意识中的那最崇高的、最善美的，都拿了出来！把最好的字，最悦耳的音，都配备上去。假如他平日爱钱，到这时节便顾不得钱了！在这时候而有人跟他来算账，他的诗兴便立刻消逝，没法挽回。当作诗的时候，诗人能把他最喜爱的东西推到一边去，什么贵重的东西也比不上诗。诗是他自己的，别的都是外来之物。诗人与看财奴势不两立，至于忘了洗脸，或忘了应酬，就更在情理中了。所以，诗人在平时就有点像疯子；在他作诗的时候，即使平日不疯，也必变成疯子——最快活、最苦痛、最天真、最崇高、最可爱、最伟大的疯子！

皮毛的去学诗人的囚首垢面，或破鞋敝衣，是容易的，没什么意义。要成为诗人须中魔啊。要掉了头，牺牲了命，而必求真理至善之阐明，与美丽幸福之揭示，才是诗人啊。

眼光如豆，心小如鼠，算了吧，你将永远是向诗人投掷石头的，还要作诗么？——写于诗人节

怎样学诗

　　诗最难，诗也最容易，我们要当心。能写很好的散文的未必能写诗；因为诗的条件较散文为多；设若连散文还写不好，就更不可以轻易弄诗了。不过，散文必须写得清楚，必须有条有理的成篇；而诗呢，仿佛含混一些也可以，而且可长可短，形式最自由。于是作诗似乎比散文还省着点力气；诗就多起来，诗可也就不像样子了。学旧诗的知道了规矩便可照式填满，然而这只是"填"，不是"作"。喜新诗的便连规矩也不必管，满可以不加思索，一挥而就；然而是诗与否，深可怀疑。

　　青年朋友们每问我怎样作诗，我非诗人，不敢置答。今天是诗人节，又想起此问题，很愿写出几句；对与不对，不敢保险。

　　假若今天有位青年想要写诗，我必先请他把散文写好了再说。好的散文虽没有诗的形式与极精妙的语言，可是一字一句也绝不随便可以写出来的。把散文写好并不是件容易的事。赶到散文已有相当的把握，再去写诗，才知道诗的难写，而晓得怎样用心了。

练习散文的时候最好是写故事。故事里有人有景。人有个性及感情，景有独特之美。能于故事中，以适当的字传情写景，然后才能更进一步，以最精炼的文字，一语道出，深情佳景。无至情，无真诗，须于故事中详为揣摩，配以适当的文字。如是立下基础，而后可以言诗；否则未谙人情，何从吟咏？

写情写景略有把握，更须多读名著，以窥写诗之术。自己写几句，与名家著作比较一下，最为有益。

读的多了，再从事习作。凡写一题，须有真情实感。草草写下，一气呵成。既成，放置一二日，再加修改；过一二日，再修改，务求文到情溢，有真情，有好景，有音节，无一废词冗字。如是努力，而仍不得佳作，须检讨自己：是不是对人对事对物的观察不够，或生活太狭，或学识太浅，或为人未能宽大宏朗，致以个人的偏私隐晦了崇高远大的理想……自省的工夫既严，必能发现自身之所短，这才有醒悟，有进步。诗不是文字的玩弄，要在表现其"人"；人之不存，诗何以立？设若只为由科员升为科长，正自别有办法，不必于诗中求之。

青年朋友们，我本非诗人，故决不怕你们诗法高明，夺去我的饭碗。我真诚的盼望你们成为诗人，故不敢不说实话——实话总是不甚甘甜，罪过！罪过！

怎样读小说

　　写一本小说不容易，读一本小说也不容易。平常人读小说，往往以为既是"小"说，必无关宏旨，所以就随便一看，看完了顺手一扔，有无心得，全不过问。这个态度，据我看，是不大对的。光阴是宝贵的，我们既破工夫去念一本书，而又不问有无心得，岂不是浪费了光阴么？我们要这样去读小说，何不去玩玩球，练练武术，倒还有益于身体呀？再说，小说之所以能够存在，并不是完全因为它"小"而易读，可供消遣。反之，它之所以能够存在，正因为它有它特具的作用，不是别的书籍所能替代的。化学不能代替心理学，物理学不能代替历史；同样的，别的任何书籍也都不能代替小说。小说是讲人生经验的。我们读了小说，才会明白人间，才会知道处身涉世的道理。这一点好处不是别的书籍所能供给我们的。哲学能教咱们"明白"，但是它不如小说说得那么有趣，那么亲切，那么感动人，因为哲学太板着面孔说话，而小说则生龙活虎的去描写，使人感到兴趣，因而也就不知不觉地发生了潜移默化的作用。历史也写人间，似乎与小说相同。可是，一般的说，历史往往缺乏着文艺性，使人念了头疼；

即使含有文艺性，也不能像小说那样圆满生动，活龙活现。历史可以近乎小说，但代替不了小说。世间恐怕只有小说能源源本本、头头是道的描画人世生活，并且能暗示出人生意义。就是戏剧也没有这么大的本事，因为戏剧须摆在舞台上去，而舞台的限制就往往教剧本不能像小说那样自由描画。于此，我们知道了，小说是在书籍里另成一格，也就与别种书籍同样的有它独立的、无可代替的价值与使命。它不是仅供我们念着"玩"的。

　　读小说，第一能教我们得到益处的，便是小说的文字。世界上虽然也有文字不甚好的伟大小说，但是一般的来说，好的小说大多数是有好文字的。所以，我们读小说时，不应只注意它的内容，也须学习它的文字：看它怎么以最少的文字，形容出复杂的心态物态来；看它怎样用最恰当的文字，把人情物状一下子形容出来，活生生的立在我们的眼前。况且一部小说中，又是有人有景有对话，千状万态，包罗万象，更是使我们心宽眼亮，多见多闻；假若我们细心去读的话，它简直就是一部最好的最丰富的模范文。反之，假若我们读到一部文字不甚好的小说，即使它有些内容，我们也就知道这部小说是不甚完美的，因为它有个文字拙劣的缺点。在我们读过一段描写人，或描写事物的文字以后，试把小说放在一边，而自己拟作一段，我们便得到很不小的好处，因为拿我们自己的拟作与原文一比，就看出来人家的是何等简洁有力，或委宛多姿。而且还可以看出来，人家之所以能体贴入微者，必是由真正的经验而来，并不是先写好了"人生于世"

而后敷衍成章的。假若我们也要写好文章，我们便也应该去细心观察人生与事物，观察之后，加以揣摩，而后我们才能把其中的精彩部分捉到，下笔如有神矣。闭着眼瞎想是写不出来东西的。

文字以外，我们该注意的是小说的内容。要断定一本小说内容的好坏，颇不容易，因为世间的任何一件事都可以作为小说的材料，实在不容易分别好坏。不过，大概的说，我们可以这样来决定：关心社会的便好，不关心社会的便坏。这似乎是说，要看作者的态度如何了。同一件事，在甲作家手里便当作一个社会问题而提出之，在乙作家手里或者就当作一件好玩的事来说。前者的态度严肃，关切人生；后者的态度随便，不关切人生。那么，前者就给我们一些知识，一点教训，所以好；后者只是供我们消遣，白费了我们的光阴，所以不好。青年们读小说，往往喜爱剑侠小说。行侠仗义，好打不平，本是一个黑暗社会中应有的好事。倘若作者专向着"侠"字这一方面去讲，他多少必能激动我们的正义感，使我们也要有除暴安良的抱负。反之，倘若作者专注意到"剑"字上去，说什么口吐白光，斗了三天三夜的法而不分胜负，便离题太远，而使我们渐渐走入魔道了。青年们没有多少判断能力，而且又血气方刚，喜欢热闹，故每每以惊奇与否断定小说的好歹，而不知惊奇的事未必有什么道理，我们费了许多光阴去阅读，并不见得有丝毫的好处。同样的，小说的穿插若专为故作惊奇，并不见得就是好作品，因为卖关子，耍笔调，都是低卑的技巧；而好的小说，虽然没有这些花样，也自能引人入胜。一部好的小说，必是真有的说，真值的说；它决不求助于小小的技巧来支持门面。作者要怎样说，自然有个打算，但是这个打算是想把故事如何表现得更圆满更生动更经济，绝不是多绕几个圈子把故事拉得长长的，好多赚几个钱。所以，我们读一本小说，绝不该以内容与穿插的惊奇与否而定去取，而是要以作者怎样处理内容的态度，和怎样设计去表现，去定好坏。假若我们能这样去读小说，则小说一定不是只供消遣的东西，而是对我们的文学修养，与处世的道理，都大有裨益的。

写与读

　　要写作，便须读书。读书与著书是不可分离的事。当我初次执笔写小说的时候，我并没有考虑自己应否学习写作，和自己是否有写作的才力。我拿起笔来，因为我读了几篇小说。这几篇小说并不是文艺杰作，那时候我还没有辨别好坏的能力。读了它们，我觉得写小说必是很好玩的事，所以我自己也愿试一试。《老张的哲学》便是在这种情形下写出来的。无可避免的，它必是乱七八糟，因为它的范本——那时节我所读过的几篇小说——就不是什么高明的作品。

　　一边写着"老张"，一边我抱着字典读莎士比亚的《韩姆烈德》[1]。这是一本文艺杰作，可是它并没给我什么好处。这使我怀疑：以我们的大学里的英文程度，而只读了半本莎士比亚，是不是白费时间？后来，我读了英译的《浮士德》，也丝毫没得到好处。这使我非常的苦闷，为什么被人人认为不朽之作的，并不给我一点好处呢？

　　有一位好友给我出了主意。他教我先读欧洲史，读完了

―――――――――

　　[1]　现通译为《哈姆莱特》。

古希腊史，再去读古希腊文艺；读完了古罗马史，再去读古罗马文艺……这的确是个好主意。从历史中，我看见了某一国在某一时代的大概情形，而后在文艺作品中我看见了那一地那一时代的社会光景，二者相证，我就明白了一点文艺的内容与形式都是事有必至，理有固然。不过，说真的，那些古老的东西往往教我瞪着眼咽气！读到半本英译的《衣里亚德》[1]，我的忍耐已用到极点，而想把它扔得远远的，永不再与它谋面。可是，一位会读希腊原文的老先生给我读了几十行荷马，他不是读诗，而是在唱最悦耳的歌曲！大概荷马的音乐就足以使他不朽吧？我决定不把它扔出老远去了！他的《奥第赛》[2]比《衣里亚德》更有趣一些——我的才力，假若我真有点才力的话，大概是小说的，而非诗歌的；《奥第赛》确乎有点像冒险小说。

希腊的悲剧教我看到了那最活泼而又最悲郁的希腊人的理智与感情的冲突，和文艺的形式与内容的调谐。我不能完全明白它们的技巧，因为没有看见过它们在舞台上"旧戏重排"。从书本上，我只看到它们的"美"。这个美不仅是修辞上的与结构上的，而也是在希腊人的灵魂中的；希腊人仿佛是在"美"里面呼吸着的。

假若希腊悲剧是鹤唳高天的东西，我自己的习作可仍然是爬伏在地上的。一方面，古希腊的三大悲剧家是世界文学

---

[1]　现通译为《伊利亚特》。

[2]　现通译为《奥德赛》。

史中罕见的天才，高不可及；一方面，我读了阿瑞司陶风内司[1]的喜剧，而喜剧更合我的口胃。假若我缺乏组织的能力与高深的思想，我可是会开玩笑啊，这时候，我开始写《赵子曰》——一本开玩笑的小说。

在悲剧喜剧之外，我最喜爱希腊的短诗。这可只限于喜爱。我并不敢学诗，我知道自己没有诗才。希腊的短诗是那么简洁，轻松，秀丽，真像是"他只有一朵花，却是玫瑰"那样。我知道自己只是粗枝大叶，不敢高攀玫瑰！

赫罗都塔司[2]，赛诺风内[3]，与修西地第司[4]的作品，我也都耐着性子读了，他们都没给我什么好处。读他们，几乎像读列国演义，读过便全忘掉。

古罗马的作品使我更感到气闷。能欣赏米尔顿[5]的，我想一定能喜爱乌吉尔[6]。可是，我根本不能欣赏米尔顿。我喜爱跳动的，天才横溢的诗，而不爱那四平八稳的工力深厚的诗。乌吉尔是杜甫，而我喜欢李白。罗马的雄辩的散文是值得一读的，它们常常给我们一两句格言与宝贵的常识，使我们认识了罗马人的切于实际，洞悉人情。可是，它们并不能给我们灵感。一行希腊诗歌能使我们沉醉，一整篇罗马的

---

[1]　现通译为阿里斯托芬。
[2]　现通译为希罗多德。
[3]　现通译为色诺芬。
[4]　现通译为修昔底德。
[5]　现通译为弥尔顿。
[6]　现通译为维吉尔。

诗歌或散文也不能使我们有些醉意——罗马伟大，而光荣属于希腊。

对中古时代的作品，我读得不多。北欧，英国，法国的史诗，我都看了一些，可是不感趣味。它们粗糙，杂乱，它们确是一些花木，但是没经过园丁的整理培修。尤其使我觉得不舒服的是它们硬把历史的界限打开，使基督的英雄去作中古武士的役务。它们也过于爱起打与降妖。它们的历史的，地方的，民俗的价值也许胜过了文艺的，可是我的目的是文艺呀。

使我受益最大的是但丁的《神曲》。我把所能找到的几种英译本，韵文的与散文的，都读了一过儿，并且搜集了许多关于但丁的论著。有一个不短的时期，我成了但丁迷，读了《神曲》，我明白了何谓伟大的文艺。论时间，它讲的是永生。论空间，它上了天堂，入了地狱。论人物，它从上帝，圣者，魔王，贤人，英雄，一直讲到当时的"军民人等"。它的哲理是一贯的，而它的景物则包罗万象。它的每一景物都是那么生动逼真，使我明白何谓文艺的方法是从图像到图像。天才与努力的极峰便是这部《神曲》，它使我明白了肉体与灵魂的关系，也使我明白了文艺的真正的深度。

文艺复兴时期的作品永远给人以灵感。尽管阿比累是那么荒唐杂乱，尽管英国的戏剧是那么夸大粗壮，可是它们教我的心跳，教我敢冒险的去写作，不怕碰壁。不错，浪漫派的作品也往往失之荒唐与夸大，但是文艺复兴的大胆是人类刚从暗室里出来，看到了阳光的喜悦，而浪漫派的是失去了阳光，而叹息着前途的黯淡。文艺复兴的啼与笑都健康！

因为读过了但丁与文艺复兴的文艺，直到如今，我心中老有个无可解开的矛盾：一方面，我要写出像《神曲》那样完整的东西；另一方面，我又想信笔写来，像阿比累那样要笑就笑个痛快，要说什么就说什么。细腻是文艺者必须有的努力，而粗壮又似乎足以使人们能听见巨人的狂笑与嚎啕。我认识了细腻，而又不忍放弃粗壮。我不知道站在哪一边好。我写完了《赵子曰》。它粗而不壮。它闹出种种的笑话，而并没能在笑话中闪耀出真理来。《赵子曰》也会哭会笑，可不是巨人的啼笑。用不着为自己吹牛啊，拿古人的著作和自己比一比，自己就会公平的给自己打分数了！

在我作事的时候，我总愿意事前有个计划，而后去一一的"照计而行"。不过，这个心愿往往被一点感情或脾气给弄乱，而自己破坏了自己的计划。在事后想起自己这种愚蠢可笑，我就无可如何的名之为"庸人的浪漫"。在我的作品里，我可是永远不会浪漫。我有一点点天赋的幽默之感，又搭上我是贫寒出身，所以我会由世态与人情中看出那可怜又可笑的地方来；笑是理智的胜利，我不会皱着眉把眼钉在自己的一点感触上，或对着月牙儿不住的落泪，因此，我很喜欢十七八世纪假古典主义的作品。不错，这种作品没有浪漫派的那种使人迷醉颠倒的力量；可是也没有浪漫派的那种信口开河，唠里唠叨的毛病。这种作品至少是具有平稳，简明的好处。在文学史中，假古典主义本来是负着取法乎古希腊与罗马文艺的法则而美化欧西各国的文字的责任的；对我，它依样的还有这个功能——它使我知道怎样先求文字上的简明及思路上的层次清楚，而后再说别的。我佩服浪漫派的诗歌，可是我喜欢假古典派的作品，正像我只能读咏唐诗，而在自己作诗的时候却取法乎宋诗。至于浪漫派小说，我没读过多少，也不想再读。假若我在十六七岁的时候就接触了浪漫派的小说，我也许能像在十二三岁时读《三侠剑》与《绿牡丹》那样的起劲入神，可是它们来到我眼中的时候，我已是快三十岁的人，我只觉得它们的侠客英雄都是二簧戏里的花脸儿，他们的行动也都配着锣鼓。我要看真的社会与人生，而不愿老看二簧戏。

　　一九二八年至二九年，我开始读近代的英法小说。我的方法是：由书里和友人的口中，我打听到近三十年来的第一流作家，和每一作家的代表作品。我要至少读每一名作家的"一"本名著。这个计划太大。近代是小说的世界，每一年都产出几本可以传世的作品。再说，我又不能严格的遵守"一本书"的办法，因为读过一个名家的一本名著之后，我就还想再读他的另一本；趣味破坏了计划。英国的威尔斯，康拉德，美瑞地茨[1]，和法国的福禄贝尔与莫泊桑，都拿去了我很多的时间。在这一年多的时间中，我昼夜的读小说，好像是落在小说阵里。它们对我的习作的影响是这样的：（1）大体上，我喜欢近代小说的写实的态度，与尖刻的笔调。这态度与笔调告诉我，小说已成为社会的指导者，人生的教科书；他们不只供给消遣，而是用引人入胜的方法作某一事理的宣传。（2）

---

　　[1]　现通译为梅瑞狄斯。

我最心爱的作品，未必是我能仿造的。我喜欢威尔斯与赫胥黎的科学的罗曼司，和康拉德的海上的冒险，但是我学不来。我没有那么高深的学识与丰富的经验。"读"然后知"不足"啊！（3）各派的小说，我都看到了一点，我有时候很想仿制。可是，由多读的关系，我知道摹仿一派的作风是使人吃亏的事。看吧，从古至今，那些能传久的作品，不管是属于那一派的，大概都有个相同之点，就是它们健康，崇高，真实。反之，那些只管作风趋时，而并不结实的东西，尽管风行一时，也难免境迁书灭。在我的长篇小说里，我永远不刻意的摹仿任何文派的作风与技巧；我写我的。在短篇里，有时候因兴之所至，我去摹仿一下，为是给自己一点变化。（4）多读，尽管不为是去摹仿，也还有个好处：读的多了，就多知道一些形式，而后也就能把内容放到个最合适的形式里去。

回国之后，我才有机会多读俄国的作品。我觉得俄国的小说是世界伟大文艺中的"最"伟大的。我的才力不够去学它们的，可是有它们在心中，我就能因自惭才短而希望自己别太低级，勿甘自弃。

对于剧本，我读过不多。抗战后，我也试写剧本，成绩不好是无足怪的。

文艺理论是我在山东教书的时候，因为预备讲义才开始去读的；读的不多，而且也没有得到多少好处。我以为"论"文艺不如"读"文艺。我们的大学文学系，恐怕就犯有光论而不读的毛病。

读书而外，一个作家还须熟读社会人生。因为我"读"

了人力车夫的生活，我才能写出《骆驼祥子》。它的文字，形式，结构，也许能自书中学来的；他的内容可是直接的取自车厂，小茶馆与大杂院中的；并没有看过另一本专写人力车夫的生活的书。

我的创作经验
——在市立中学之讲演

在我说话以前，要声明一句，我不是文学家，在这个年头儿，说话很不容易，稍微忽略，便有得罪人的地方。今天打算用三十分钟工夫，讲讲《我的创作经验》。我以为"创作"这件事，如同小孩儿在墙上画王八一样，谁画的像，就算谁的成绩不错。我在幼小的时候，没有发现有什么特别能力。在私塾里读书，而且时常挨打，十来岁的时候，才进学校，因为读过古书较多，所以国文成绩，比较好些。课余之暇，仍然读习古文。中学时期，我是学师范的，那时我偏重教育和语文课。如果举行会考，一定不能毕业。我也欢喜读旧诗，"明白如话"的，并喜欢研究植物。对于栽花，特别有兴趣。自幼如是，至今未改。以上所说，是我从小到二十来岁的嗜好和倾向。我在年青的时候，脾气孤高，又不喜欢和人多说话及附和人的意见，慢慢地养成"冷笑"的态度。及至自己做事，回想以前的自己，也有些不对的。五四运动时，我已在做事，不在学生里面，那时出的新书，我也买了些看，并不觉得惊奇。二十五岁以后，我在南开中学教书，因为同人中多喜欢写小说的，我也写过一篇，这是十二年以前的事，那篇稿子早已丢了。觉得我会说笑话，是从天上带来的，无从师承。我的创作里面，至少有一半占着"会说笑话"的便宜。二十七岁到英国去教学，这是我的思想变化一大关键，若始终在中国，决想不起写小说。到英国之后，因读的小说较多。第一部写《老张的哲学》，因受落花生的怂恿，寄登《小说月报》上，后来印成单行本，至今销数还好。该书材料太多，写得乱七八糟，自己并不满意。它的优点，只是胆大不怕。书中的人物事实，大部分都是真的，不过变化姓名而已。第二部写《赵子曰》，揭穿一些可笑的事实。以上两部书中，发议论处，究嫌太多，如能就描写人物事实表现出来，或者较好。第三部写《二马》，文字有变动，不利用文言，想用白话写。书中的人物，都是假的，写此书的动机，是想把比较中英两国国民性，一一描写出来，结果仍然不能满意。比较满意的，要算《小坡的生日》，因为我的个性，喜欢小孩，现在虽到中年，小孩子的天真，还有些保存着，天真烂漫，写得较为真切。以后对于此类作品，还多加努力。在济南时，写过一篇《大明湖》，稿寄商务印书馆，被烧掉了。去年写《离婚》，奋笔抒写，较为自然。至于《赶集》不过是些短篇稿件罢了。要想成为文学家，天才固然需要，工夫也是很要紧的。现在中国，无伟大的作品出现，原因很多，而一般作家，受生活的逼迫，不能安心写稿，这也是原因之一。诸位对于文学，如果有兴趣，尽可能放胆写稿，不必害怕，只要多读，采取各人的所长，多写，发展自己的本能；多改，充实文章的内容，持之以恒，不患不会成功的。

第三章

真正幽默的心灵，绝不抱定一个角度去看人或看自己

忙

近来忙得出奇。恍忽之间，仿佛看见一狗，一马，或一驴，其身段神情颇似我自己；人兽不分，忙之罪也！

每想随遇而安，贫而无谄，忙而不怨。无谄已经作到；无论如何不能欢迎忙。

这并非想偷懒。真理是这样：凡真正工作，虽流汗如浆，亦不觉苦。反之，凡自己不喜作，而不能不作，作了又没什么好处者，都使人觉得忙，且忙得头疼。想当初，苏格拉底终日奔忙，而忙得从容，结果成了圣人；圣人为真理而忙，故不手慌脚乱。即以我自己说，前年写《离婚》的时候，本想由六月初动笔，八月十五交卷。及至拿起笔来，天气热得老在九十度以上，心中暗说不好。可是写成两段以后，虽腕下垫吃墨纸以吸汗珠，已不觉得怎样难受了。"七"月十五日居然把十二万字写完！因为我爱这种工作哟！我非圣人，也知道真忙与瞎忙之别矣。

所谓真忙，如写情书，如种自己的地，如发现九尾彗星，如在灵感下写诗作画，虽废寝忘食，亦无所苦。这是真正的工作，只有这种工作才能产生伟大的东西与文化。人在这样忙的时候，把自己已忘掉，眼看的是工作，心想的是工作，作梦梦的是工作，便无暇计及利害金钱等等了；心被工作充满，同时也被工作洗净，于是手脚越忙，心中越安怡，不久即成圣人矣。情书往往成为真正的文学，正在情理之中。

所谓瞎忙，表面上看来是热闹非常，其实呢它使人麻木，使文化退落，因为忙得没意义，大家并不愿作那些事，而不敢不作；不作就没饭吃。在这种忙乱情形中，人们像机器般的工作，作完了一饱一睡，或且未必一饱一睡，而半饱半睡。这里，只有奴隶，没有自由人；奴隶不会产生好的文化。这种忙乱把人的心杀死，而身体也不见得能健美。它使人恨工作，使人设尽方法去偷油儿。我现在就是这样，一天到晚在那儿作事，全是我不爱作的。我不能不去作，因为眼前有个饭碗；多咱我手脚不动，那个饭碗便拍的一声碎在地上！我得努力呀，原来是为那个饭碗的完整，多么高伟的目标呀！试观今日之世界，还不是个饭碗文明！

因此，我羡慕苏格拉底，而恨他的时代。苏格拉底之所以能忙成个圣人，正因为他的社会里有许多奴隶。奴隶们为苏格拉底作工，而苏格拉底们乃得忙其所乐意忙者。这不公道！在一个理想的文化中，必能人人工作，而且乐意工作，即便不能完全自由，至少他也不完全被责任压得翻不过身来，他能把眼睛从饭碗移开一会儿，而不至立刻拍的一声打个粉碎。在这样的社会里，大家才会真忙，而忙得有趣，有成绩。在这里，懒是一种惩罚；三天不作事会叫人疯了；想想看，灵感来了，诗已在肚中翻滚，而三天不准他写出来，或连哼哼都不许！懒，在现在的社会里，是必然的结果，而且不比忙坏；忙出来的是什么？那末，懒又有什么不可以呢？

世界上必有那么一天，人类把忙从工作中赶出去，大家都晓得，都觉得，工作的快乐，而越忙越高兴；懒还不仅是一种羞耻，而是根本就受不了的。自然，我是看不到那样的社会了；我只能在忙得——瞎忙——要哭的时候这么希望一下吧。

谈幽默

　　"幽默"这个字在字典上有十来个不同的定义。还是把字典放下，让咱们随便谈吧。据我看，它首要的是一种心态。我们知道，有许多人是神经过敏的，每每以过度的感情看事，而不肯容人。这样人假若是文艺作家，他的作品中必含着强烈的刺激性，或牢骚，或伤感；他老看别人不顺眼，而愿使大家都随着他自己走，或是对自己的遭遇不满，而伤感的自怜。反之，幽默的人便不这样，他既不呼号叫骂，看别人都不是东西，也不顾影自怜，看自己如一活宝贝。他是由事事中看出可笑之点，而技巧的写出来。他自己看出人间的缺欠，也愿使别人看到。不但仅是看到，他还承认人类的缺欠；于是人人有可笑之处，他自己也非例外，再往大处一想，人寿百年，而企图无限，根本矛盾可笑。于是笑里带着同情，而幽默乃通于深奥。所以 Thackeray[1] 说："幽默的写家是要唤醒与指导你的爱心，怜悯，善意——你的恨恶不实在，假装，作伪——你的同情与弱者，穷者，被压迫者，不快乐者。"

---

　　[1]　现通译为萨克雷（1811—1863），英国作家。

Walpole[1]说："幽默者'看'事，悲剧家'觉'之。"这句话更能补证上面的一段。我们细心"看"事物，总可以发现些缺欠可笑之处；及至钉着坑儿去咂摸，便要悲观了。

我们应再进一步的问，除了上面这点说明，能不能再清楚一些的认识幽默呢？好吧，我们先拿出几个与它相近，而且往往与它相关的几个字，与它比一比，或者可以稍微使我们清楚一点。反语（irony），讽刺（satire），机智（wit），滑稽剧（farce），奇趣（whimsicality），这几个字都和幽默有相当的关系。我们先说那个最难讲的——奇趣。这个字在应用上是很松泛的，无论什么样子的打趣与奇想都可以用这个字来表示，《西游记》的奇事，《镜花缘》中的冒险，《庄子》的寓言，都可以叫作奇趣。可是，在分析文艺品类的时候，往往以奇趣与幽默放在一处，如《现代小说的研究》的著者Marble[2]便把whimsicality and humour[3]作为一类。这大概是因为奇趣的范围很广，为方便起见，就把幽默也加了进去。一般地说，幻想的作品——即使是别有目的——不能不利用幽默，以便使文字生动有趣；所以这二者——奇趣与幽默——就往往成了一家人。这个，简直不但不能帮忙我们看明何为幽默，反倒使我更糊涂了。不过，有一点可是很清楚：就是文字要生动有趣，必须利用幽默。在这里，我们没

---

[1]　现通译为沃波尔（1717—1797），英国作家。

[2]　现通译为马布尔。

[3]　奇趣和幽默。

弄清幽默是什么，可是明白幽默很重要的一个效用。假若干燥，晦涩，无趣，是文艺的致命伤；幽默便有了很大的重要；这就是它之所以成为文艺的因素之一的缘故吧。

至于反语，便和幽默有些不同了；虽然它俩还是可以联合在一处的东西。反语是暗示出一种冲突。这就是说，一句中有两个相反的意思，所要说的真意却不在话内，而是暗示出来的。《史记》上载着这么回事：秦始皇要修个大园子，优旃对他说："好哇，多多搜集飞禽走兽，等敌人从东方来的时候，就叫麋鹿去挡一阵，满好！"这个话，在表面上，是顺着始皇的意思说的。可是咱们和始皇都能听出其中的真意；不管咱们怎样吧，反正始皇就没再提造园的事。优旃的话便是反语。它比幽默要轻妙冷静一些。它也能引起我们的笑，可是得明白了它的真意以后才能笑。它在文艺中，特别是小品文中，是风格轻妙，引人微笑的助成者。据会古希腊语的说：这个字原意便是"说"，以别于"意"。因此，这个字还有个较实在的用处——在文艺中描写人生的矛盾与冲突，直以此字的含意用之人生上，而不只在文字上声东击西。在悲剧中，或小说中，聪明的人每每落在自己的陷阱里，聪明反被聪明误；这个，和与此相类的矛盾，普遍被称为 Sophoclean irony [1]。不过，这与幽默是没什么关系的。

现在说讽刺。讽刺必须幽默，但它比幽默厉害。它必须用极锐利的口吻说出来，给人一种极强烈的冷嘲；它不使我

---

[1]　索福克里斯的反语。

们痛快的笑，而是使我们淡淡的一笑，笑完因反省而面红过耳。讽刺家故意的使我们不同情于他所描写的人或事。在它的领域里，反语的应用似乎较多于幽默，因为反语也是冷静的。讽刺家的心态好似是看透了这个世界，而去极巧妙的攻击人类的短处，如《海外轩渠录》，如《镜花缘》中的一部分，都是这种心态的表现。幽默者的心是热的，讽刺家的心是冷的；因此，讽刺多是破坏的。马克·吐温（Mark Twain）可以被人形容作："粗壮，心宽，有天赋的用字之才，使我们一齐发笑。他以草原的野火与西方的泥土建设起他的真实的罗曼司，指示给我们，在一切重要之点上我们都是一样的。"这是个幽默者。让咱们来看看讽刺家是什么样子吧。好，看看Swift[1]这个家伙；当他赞美自己的作品时，他这么说："好上帝。我写那本书的时候，我是何等的一个天才呀！"在他廿六岁的时候，他希望他的诗能够："每一行会刺，会炸，像短刃与火。"是的，幽默与讽刺二者常常在一块儿露面，不易分划开；可是，幽默者与讽刺家的心态，大体上是有很清楚的区别的。幽默者有个热心肠儿，讽刺家则时常由婉刺而进为笑骂与嘲弄。在文艺的形式上也可以看出二者的区别来：作品可以整个的叫作讽刺，一出戏或一部小说都可以在书名下注明 a satire。幽默不能这样。"幽默的"至多不过是形容作品的可笑，并不足以说明内容的含意如何。"一个讽刺"—a satire—则分明是有计划的，整本大套的讥讽

---

[1]　现通译为斯威夫特（1667—1745），英国讽刺作家。

或嘲骂。一本讽刺的戏剧或小说，必有个道德的目的，以笑来矫正或诛伐。幽默的作品也能有道德的目的，但不必一定如此。讽刺因道德目的而必须毒辣不留情，幽默则宽泛一些，也就宽厚一些，它可以讽刺，也可以不讽刺，一高兴还可以什么也不为而只求和大家笑一场。

机智是什么呢？它是用极聪明的，极锐利的言语，来道出像格言似的东西，使人读了心跳。中国的老子庄子都有这种聪明。讽刺已经很厉害了，可到底要设法从旁面攻击；至于机智则是劈面一刀，登时见血。"圣人不死，大盗不止！"这才够味儿。不论这个道理如何，它的说法的锐敏就够使人跳起来的了。有机智的人大概是看出一条真理，便毫不含糊的写出来；幽默的人是看出可笑的事而技巧的写出来；前者纯用理智，后者则赖想象来帮忙。Chesterton[1]说："在事物中看出一贯的，是有机智的。在事物中看出不一贯的，是个幽默者。"这样，机智的应用，自然在讽刺中比在幽默中多，因为幽默者的心态较为温厚，而讽刺与机智则要显出个人思想的优越。

滑稽戏—farce—在中国的老话儿里应叫作"闹戏"，如《瞎子逛灯》之类。这种东西没有多少意思，不过是充分的作出可笑的局面，引人发笑。在影戏的短片中，什么把一套碟子都摔在头上，什么把汽车开进墙里去，就是这种东西。这是幽默发了疯；它抓住幽默的一点原理与技巧而充分的去发

---

[1]　现通译为切斯特顿（1874—1936），英国小说家，诗人。

展，不管别的，只管逗笑，假若机智是感诉理智的，闹戏则仗着身体的摔打乱闹。喜剧批评生命，闹戏是故意招笑。假若幽默也可以分等的话，这是最下级的幽默。因为它要摔打乱闹的行动，所以在舞台上较易表现；在小说与诗中几乎没有什么地位。不过，在近代幽默短篇小说里往往只为逗笑，而忽略了——或根本缺乏——那"笑的哲人"的态度。这种作品使我们笑得肚痛，但是除了对读者的身体也许有点益处——笑为化食糖呀——而外，恐怕任什么也没有了。

有上面这一点粗略的分析，我们现在或者清楚一些了：反语是似是而非，借此说彼；幽默有时候也有弦外之音，但不必老这个样子。讽刺是文艺的一格，诗，戏剧，小说，都可以整篇的被呼为 a satire；幽默在态度上没有讽刺这样厉害，在文体上也不这样严整。机智是将世事人心放在 X 光线下照透，幽默则不带这种超越的态度，而似乎把人都看成兄弟，大家都有短处。闹戏是幽默的一种，但不甚高明。

拿几句话作例子，也许就更能清楚一些：

今天贴了标语，明天中国就强起来——反语。

君子国的标语："之乎者也"——讽刺。

标语是弱者的广告——机智。

张三把"提倡国货"的标语贴在祖坟上——滑稽；再加上些贴标语时怎样摔跟头等等招笑的行动，就成了闹戏。

张三把"打倒帝国主义走狗"贴成"走狗打倒帝国主义"——幽默；这个张三贴一天的标语也许才挣三毛小洋，贴错了当然要受罚；我们笑这种贴法，可是很可怜张三。

这几个例子摆在纸面上也许能帮助我们分别的认清它们，但在事实上是不易这样分划开的。从性质上说，机智与讽刺不易分开，讽刺也有时候要利用闹戏；至于幽默，就更难独立。从一篇文章上说，一篇幽默的文字也许利用各种方法，很难纯粹。我们简直可以把这些都包括在幽默之内，而把它们看成各种手法与情调。我们这样分析它们与其说是为从形式上分别得清楚，还不如说是为表明幽默——大概的说——有它特具的心态。

所谓幽默的心态就是一视同仁的好笑的心态。有这种心态的人虽不必是个艺术家，他还是能在行为上言语上思想上表现出这个幽默态度。这种态度是人生里很可宝贵的，因为它表现着心怀宽大。一个会笑，而且能笑自己的人，决不会为件小事而急躁怀恨。往小了说，他决不会因为自己的孩子挨了邻儿一拳，而去打邻儿的爸爸。往大了说，他决不会因为战胜政敌而去请清兵。褊狭，自是，是"四海兄弟"这个理想的大障碍；幽默专治此病。嬉皮笑脸并非幽默；和颜悦色，心宽气朗，才是幽默。一个幽默写家对于世事，如入异国观光，事事有趣。他指出世人的愚笨可怜，也指出那可爱的小古怪地点。世上最伟大的人，最有理想的人，也许正是最愚而可笑的人，吉珂德先生即一好例。幽默的写家会同情于一个满街追帽子的大胖子，也同情——因为他明白——那攻打风磨的愚人的真诚与伟大。

什么是幽默?

幽默是一个外国字的译音,正像"摩托"和"德谟克拉西"等等都是外国字的译音那样。

为什么只译音,不译意呢?因为不好译——我们不易找到一个非常合适的字,完全能够表现原意。假若我们一定要去找,大概只有"滑稽"还相当接近原字。但是,"滑稽"不完全相等于"幽默"。"幽默"比"滑稽"的含意更广一些,也更高超一些。"滑稽"可以只是开玩笑,而"幽默"有更高的企图。凡是只为逗人哈哈一笑,没有更深的意义的,都可以算作"滑稽",而"幽默"则须有思想性与艺术性。

原来的那个外国字有好几个不同的意思,不必在这一一介绍。我们只说一说现在我们怎么用这个字。

英国的狄更斯、美国的马克·吐温,和俄罗斯的果戈里等伟大作家都一向被称为幽默作家。他们的作品和别的伟大作品一样地憎恶虚伪、狡诈等等恶德,同情弱者,被压迫者,和受苦的人。但是,他们的爱与憎都是用幽默的笔墨写出来的——这就是说,他们写的招笑,有风趣。

我们的相声就是幽默文章的一种。它讽刺,讽刺是与幽默分不开的，因为假若正颜厉色地教训人便失去了讽刺的意味，它必须幽默地去奇袭侧击，使人先笑几声，而后细一咂摸，脸就红起来。解放前通行的相声段子，有许多只是打趣逗哏的"滑稽"，语言很庸俗，内容很空洞，只图招人一笑，没有多少教育意义和文艺味道。

解放后新编的段子就不同了，它在语言上有了含蓄，在思想上多少尽到讽刺的责任，使人听了要发笑，也要去反省。这大致地也可以说明"滑稽"和"幽默"的不同。

幽默文字不是老老实实的文字，它运用智慧，聪明，与种种招笑的技巧，使人读了发笑，惊异，或啼笑皆非，受到教育。我们读一读狄更斯的，马克·吐温的，和果戈里的作品，便能够明白这个道理。听一段好的相声，也能明白些这个道理。

幽默的作家必是极会掌握语言文学的作家，他必须写得俏皮，泼辣，警辟。幽默的作家也必须有极强的观察力与想象力。因为观察力极强，所以他能把生活中一切可笑的事，互相矛盾的事，都看出来，具体地加以描画和批评。因为想象力极强，所以他能把观察到的加以夸张，使人一看就笑起来，而且永远不忘。

不论是作家与否，都可以有幽默感。所谓幽默感就是看出事物的可笑之处，而用可笑的话来解释它，或用幽默的办法解决问题。比如说，一个小孩见到一个生人，长着很大的鼻子；小孩子是不会客气的，马上叫出来："大鼻子！"假若这位生人没有幽默感呢，也许就会不高兴，而孩子的父母也许感到难以为情。假若他有幽默感呢，他会笑着对小孩说：

"就叫鼻子叔叔吧！"这不就大家一笑而解决了问题么？

　　幽默的作家当然会有幽默感。这倒不是说他永远以"一笑了之"的态度应付一切。不是，他是有极强的正义感的，决不饶恕坏人坏事。不过，他也看出社会上有些心地狭隘的人，动不动就发脾气，闹情绪，其实那都是三言两语就可以解决的，用不着闹得天翻地覆。所以，幽默作家的幽默感使他既不饶恕坏人坏事，同时他的心地是宽大爽朗，会体谅人的。假若他自己有短处，他也会幽默地说出来，决不偏袒自己。

　　人的才能不一样，有的人会幽默，有的人不会。不会幽默的人最好不必勉强要俏，去写幽默文章。清清楚楚、老老实实的文章也能是好文章。勉强要几个字眼，企图取笑，反倒会弄巧成拙。更须注意：我们讥笑坏的品质和坏的行为，我们可绝对不许讥笑本该同情的某些缺陷。我们应该同情盲人，同情聋子或哑巴，绝对不许讥笑他们。

谈讽刺

从文学体裁上说，诗里有讽刺诗，戏剧里有讽刺剧，小说里有讽刺小说，都自成一格。曲艺里也有自成一格的讽刺文学，就是相声。此外，童话、神话、寓言和笑话里也都有或多或少的讽刺成分。可见讽刺在文学里确实占有重要地位。

在旧社会里，统治阶级不喜欢人民自由发表意见，可是人民会利用讽刺文体，声东击西，指槐骂柳，进行攻击，发泄愤恨，使统治阶级哭笑不得，十分狼狈。多么专暴的统治者也扼杀不了讽刺文学。反之，压迫越凶，通过讽刺而来的抗议就越厉害。

在我们的新社会里，人民有了言论自由，是否还需要讽刺文学呢？这就要问：我们是否需要批评与自我批评？

我想，谁也不会说不需要批评与自我批评吧。那么，讽刺文学是最尖锐的批评，通过艺术形象使大家看清楚我们拥护什么和反对什么，我们怎会不需要它呢？正因为我们讲民主，重视批评与自我批评，所以我们才需要讽刺文学，欣赏讽刺文学。欣赏讽刺文学是我们的民主精神的一种表现。

可是，有的人不喜欢讽刺文学，特别不喜欢碰到他自己的痒痒肉的讽刺文学。我们是不是就因此决定少得罪人,不再写讽刺的作品呢?我想谁都会很好地回答这个,用不着我多说什么。我倒要提醒怕碰到自己痒痒肉的人,去检查自己一下,是不是心里有点只喜欢谀媚,不愿意接受批评的毛病呢?作家们是有正义感的,不能够把该讽刺的反而歌颂一番,粉饰太平对谁也没有好处。

有的人甚至不许讽刺他所属的那一部门或那一行业。比方说:作医生的不许作品里讽刺任何医生或医院,作教师的不许讽刺任何教师或学校。他好像是说:我们这一部门或行业是神圣不可侵犯的,绝对禁止批评!这个说法有什么根据呢?接受批评,端正个人的工作态度,改进业务,不是好事情吗?作品里讽刺一位医生或某一个假设的医院,并不是一笔抹杀所有的医生和所有的医院的功绩。假若不幸而言中,作品里假设的讽刺对象恰好像实际中的某一医生或某一医院,那就该取有则改之、无则加勉的态度才是。在咱们的社会里,谁也没有禁止批评的特权。在资本主义国家里,作家为避免招惹麻烦,或吃官司,往往在剧本和小说的卷首声明:"书中人物事实都是想象出来的,并非真人真事。"难道我们也必须这么作吗?

那些反对讽刺文学的人并不敢公开地说禁止批评与讽刺。他们总是振振有词地说:作家歪曲了现实,咱们的社会里没有这样的人——指作品中的讽刺对象而言。

要知道,夸大是讽刺的必要手段。既须夸大,就必须把许多该讽刺的行为适当地集中于一身。这才能创造出形象鲜明的人物来。假若我们只吞吞吐吐地说：这个人的思想与行为95％都是值得表扬的，不过只有5％，或更少一些，容或应当批评一下，我们就无法创造出这样的人物。既要讽刺，便须辛辣，入骨三分。不疼不痒的讽刺等于放弃讽刺的责任，也就得不到任何教育效果。讽刺，在我们的社会里，是急切地鞭策一切落后的人物，希望他们及时转变，不再作社会主义建设的绊脚石。它无情地揭发一切不合理的行为，要求我们都振作精神，作个先进的人物。它也要求我们检查自己，还有没有旧社会残留下来的毛病，从而决定去洗干净自己的身心。讽刺家的手段是辛辣无情的，他的心里可是充满热情，切盼大家改过自新，齐步前进。

　　不喜欢讽刺文学的人还会说：讽刺既须夸张，把三分毛病说成十分，岂不就是暗示我们的社会制度不好么？我们处处有领导，怎能允许毛病十足的人在机关或团体里滥竽充数呢？我知道，在写讽刺作品的时候，今天的作家是抱着这样的态度的：拥护我们的社会制度，而反对与我们的社会制度不相容的人与事。因为讽刺必须尖锐，他们不能不从事夸大。这是应有的艺术手段。同时，他们不允许自己通过这夸大了的人物去讽刺我们的社会制度。在我们的社会里的确有落后的人，的确有作错了的事。不但今天，就是到了共产主义社会也还会有这样应该讽刺的人与事。作家夸大地讽刺了这样的人与事，目的是在鞭策，而不是否定我们的社会制度。到现在为止，作家们所发表过的各种讽刺作品，缺点不在他们讽刺得太过火，而在讽刺的不够深刻，不够大胆。这个缺点的由来，一方面是因为作家们观察得不够深刻，不够广泛，写作技巧也还欠熟练；另一方面也是因为社会上阻力很大，一篇作品出来就招到多少多少责难；于是，他们就望而生畏，不敢畅所欲言了。事实上，我们社会里的该讽刺的人与事的毛病要比作家们所揭发过的还更多更不好。

可是，有人又会说了：尽管如此，家丑也不必外扬啊。我以为不然。作家的责任是歌颂光明，揭露黑暗。只歌颂光明，不揭露黑暗，那黑暗就会渐次扩大，迟早要酿成大患。讽刺是及时施行手术，刮骨疗毒，治病救人。是，它的手段也许太厉害一些，可是良药苦口利于病，治病有时候需要下猛药。拥护我们的社会制度不等于隐瞒某些人某些事的丑恶与不合理。文艺追求并阐明真理，不该敷衍、粉饰。为了真理，我们歌颂先进的人物，鞭挞落后的人物。

习惯

不管别位，以我自己说，思想是比习惯容易变动的。每读一本书，听一套议论，甚至看一回电影，都能使我的脑子转一下。脑子的转法是像螺丝钉，虽然是转，却也往前进。所以，每转一回，思想不仅变动，而且多少有点进步。记得小的时候，有一阵子很想当"黄天霸"。每逢四顾无人，便掏出瓦块或碎砖，回头轻喊：看镖！有一天，把醋瓶也这样出了手，几乎挨了顿打。这是听《五女七贞》的结果。及至后来读了托尔斯泰等人的作品，就是看杨小楼扮演的"黄天霸"，也不会再扔醋瓶了。你看，这不仅是思想老在变动，而好歹的还高了一二分呢。

习惯可不能这样。拿吸烟说吧，读什么，看什么，听什么，都吸着烟。图书馆里不准吸烟，干脆就不去。书里告诉我，吸烟有害，于是想戒烟，可是想完了，照样的点上一支。医院里陈列着"烟肺"也看见过，颇觉恐慌，我也是有肺动物啊！这点嗜好都去不掉，连肺也对不起呀，怎能成为英雄呢？思想很高伟了；乃至吃过饭，高伟的思想又随着蓝烟上了天。有的时候确是坚决，半天儿不动些小白纸卷，而且自号为理智的人——对面是习惯的人。后来也不是怎么一股劲，连吸三支，合着并未吃亏。肺也许又黑了许多，可是心还跳着，大概一时不至于死，这很足自慰。什么都这样。按说一个自居摩登的人，总该常常携着夫人在街上走走了。我也这么想过，可是做不到。大家一看，我就毛咕，"你慢慢走着，咱们家里见吧！"把夫人落在后边，我自己迈开了大步。什么"尖头曼""方头曼"的，不管这一套。虽然这么说，到底觉得差一点。从此再不去双双走街。

明知电影比京戏文明些，明知京戏的锣鼓专会供给头疼，可是嘉宝或红发女郎总胜不过杨小楼去。锣鼓使人头疼得舒服，仿佛是。同样，冰激凌，咖啡，青岛洗海澡，美国桔子，都使我摇头。酸梅汤，香片茶，裕德池，肥城桃，老有种知己的好感。这与提倡国货无关，而是自幼儿养成的习惯。年纪虽然不大，可是我的幼年还赶上了野蛮时代。那时候连皇上都不坐汽车，可想见那是多么野蛮了。

跳舞是多么文明的事呢，我也没份儿。人家印度青年与日本青年，在巴黎或伦敦看见跳舞，都讲究馋得咽唾沫。有一次，在艾丁堡，跳舞场拒绝印度学生进去，有几位差点上了吊。还有一次在海船上举行跳舞会，一个日本青年气得直哭，因为没人招呼他去跳。有人管这种好热闹叫作猴子的摹仿，我倒并不这么想。在我的脑子里，我看这并不成什么问题，跳不能叫印度登时独立，也不能叫日本灭亡。不跳呢，更不会就怎样了不得。可是我不跳。一个人吃饱了没事，独自跳跳，还倒怪好。叫我和位女郎来回的拉扯，无论说什么也来不得。

看着就不顺眼，不用说真去跳了。这和吃冰激凌一样，我没有这个胃口。舌头一凉，马上联想到泻肚，其实心里准知道并没危险。

还有吃西餐呢。干净，有一定的份量，好消化，这些我全知道。不过吃完西餐要不补充上一碗馄饨两个烧饼，总觉得怪委屈的。吃了带血的牛肉，喝凉水，我一定跑肚。想象的作用。这就没有办法了，想象真会叫肚子山响！

对于朋友，我永远爱交老粗儿。长发的诗人，洋装的女郎，打高尔夫的男性女性，咬言咂字的学者，满跟我没缘。看不惯。老粗儿的言谈举止是咱自幼听惯看惯的。一看见长发诗人，我老是要告诉他先去理发；即使我十二分佩服他的诗才，他那些长发使我堵的慌。家兄永远到"推剃两从便"的地方去"剃"，亮堂堂的很悦目。女子也剪发，在理论上我极同意，可是看着别扭。问我女子该梳什么"头"，我也答不出，我总以为女性应留着头发。我的母亲，我的大姐，不都是世界上最好的女人么？她们都没剪发。

行难知易，有如是者。

取钱

　　我告诉你，二哥，中国人是伟大的。就拿银行说吧，二哥，中国最小的银行也比外国的好，不冤你。你看，二哥，昨儿个我还在银行里睡了一大觉。这个我告诉你，二哥，在外国银行里就做不到。

　　那年我上外国，你不是说我随了洋鬼子吗？二哥，你真有先见之明。还是拿银行说吧，我亲眼得见，洋鬼子再学一百年也赶不上中国人。洋鬼子不够派儿。好比这么说吧，二哥，我在外国拿着张十镑钱的支票去兑现钱。一进银行的门，就是柜台，柜台上没有亮亮的黄铜栏杆，也没有大小的铜牌。二哥你看，这和油盐店有什么分别？不够派儿。再说人吧，柜台里站着好几个，都那么光梳头，净洗脸的，脸上还笑着；这多下贱！把支票交给他们谁也行，谁也是先问你早安或午安；太不够派儿了！拿过支票就那么看一眼，紧跟着就问："怎么拿？先生！"还是笑着。哪道买卖人呢？！叫"先生"还不够，必得还笑，洋鬼子脾气！我就说了，二哥："四个一镑的单张，五镑的一张，一镑零的；零的要票子和钱两样。"要按理说，二哥，十镑钱要这一套啰哩啰嗦，你讨厌不，假若二哥你是银行的伙计？你猜怎么样，二哥，洋鬼子笑得更下贱了，好像这样麻烦是应当应分。喝，登时从柜台下面抽出簿子来，刷刷的就写；写完，又一伸手，钱是钱，票子是票子，没有一眨眼的工夫，都给我数出来了；紧跟着便是："请点一点，先生！"又是一个"先生"，下贱，不懂得买卖规矩！点完了钱，我反倒楞住了，好像忘了点什么。对了，我并没忘了什么，是奇怪洋鬼子干事——况且是堂堂的大银行——为什么这样快？赶丧哪？真他妈的！

　　二哥，还是中国的银行，多么有派儿！我不是说昨儿个去取钱吗？早八点就去了，因为现在天儿热，银行八点就开门；抓个早儿，省得大晌午的劳动人家；咱们事事都得留个心眼，人家有个伺候着与伺候不着，不是吗？到了银行，人家真开了门，我就心里说，二哥：大热的天，说什么时候开门就什么时候开门，真叫不容易。其实人家要楞不开一天，不是谁也管不了吗？一边赞叹，我一边就往里走。喝，大电扇忽忽的吹着，人家已经都各按部位坐得稳稳当当，吸着烟卷，按着铃要茶水，太好了，活像一群皇上，太够派儿了。我一看，就不好意思过去，大热的天，不叫人家多歇会儿，未免有点不知好歹。可是我到底过去了，二哥，因为怕人家把我撵出去；人家看我像没事的，还不撵出来么？人家是银行，又不是茶馆，可以随便出入。我就过去了，极慢的把支票放在柜台上。没人搭理我，当然的。有一位看了我一看，我很高兴；大热的天，看我一眼，不容易。二哥，我一过去就预备好了：先用左腿金鸡独立的站着，为是站乏了好换腿。左腿立了有十分钟，我很高兴我的腿确是有了劲。支持到十二分钟我不能不换腿了，于是就来个右金鸡独立。右腿也不弱，我更高兴了，嗨，爽性来个猴啃桃吧，我就头朝下，顺着柜台倒站了几分钟。翻过身来，大家还没动静，我又翻了十来个跟头，打了些旋风脚。刚站稳了，过来一位；心里说：我还没练两套拳呢；这么快？那位先生敢情是过来吐口痰，我补上了两套拳。拳练完了，我出了点汗，很痛快。又站了会儿，一边喘气，一边欣赏大家的派头——真稳！很想给他们喝个彩。八点四十分，过来一位，脸上要下雨，眉毛上满是黑云，看了我一看。我很难过，大热的天，来给人家添麻烦。他看了支票一眼，又看了我一眼，好像断定我和支票像亲哥儿俩不像。我很想把脑门子上签个字。他连大气没出把支票拿了走，扔给我一面小铜牌。我直说：不忙，不忙！今天要不合适，我明天再来；明天立秋。我是真怕把他气死，大热的天。他还是没理我，真够派儿，使我肃然起敬！

拿着铜牌，我坐在椅子上，往放钱的那边看了一下。放钱的先生——一位像屈原的中年人——刚按铃要鸡丝面。我一想：工友传达到厨房，厨子还得上街买鸡，凑巧了鸡也许还没长成个儿；即使顺当的买着鸡，面也许还没磨好。说不定，这碗鸡丝面得等三天三夜。放钱的先生当然在吃面之前决不会放钱；大热的天，腹里没食怎能办事。我觉得太对不起人了，二哥！心中一懊悔，我有点发困，靠着椅子就睡了。睡得挺好，没蚊子也没臭虫，到底是银行里！一闭眼就睡了五十多分钟；我的身体，二哥，是不错了！吃得饱，睡得着！

偷偷的往放钱的先生那边一看，（不好意思正眼看，大热的天，赶劳人是不对的！）鸡丝面还没来呢。我很替他着急，肚子怪饿的，坐着多么难受。他可是真够派儿，肚子那么饿还不动声色，没法不佩服他了，二哥。

大概有十点左右吧，鸡丝面来了！"大概"，因为我不肯看壁上的钟——大热的天，表示出催促人家的意思简直不够朋友。况且我才等了两点钟，算得了什么。我偷偷的看人家吃面。他吃得可不慢。我觉得对不起人。为兑我这张支票再逼得人家噎死，不人道！二哥，咱们都是善心人哪。他吃完了面，按铃要手巾把，然后点上火纸，咕噜开小水烟袋。我这才放心，他不至于噎死了。他又吸了半点多钟水烟。这时候，二哥。等取钱的已有了六七位，我们彼此对看，眼中都带出对不起人的神气，我要是开银行，二哥，开市的那天就先枪毙俩取钱的，省得日后麻烦。大热的天，取哪门子钱？不知好歹！

十点半，放钱的先生立起来伸了伸腰。然后捧着小水烟袋和同事的低声闲谈起来。我替他抱不平，二哥，大热的天，十时半还得在行里闲谈，多么不自由！凭他的派儿，至少该上青岛避两月暑去；还在行里，还得闲谈，哼！

十一点，他回来，放下水烟袋，出去了；大概是去出恭。十一点半才回来。大热的天，二哥，人家得出半点钟的恭，多不容易！再说，十一点半，他居然拿起笔来写账，看支票。我直要过去劝告他不必着急。大热的天，为几个取钱的得点病才合不着。到了十二点，我决定回家，明天再来。我刚要走，放钱的先生喊："一号！"我真不愿过去，这个人使我失望！才等了四点钟就放钱，派儿不到家！可是，他到底没使我失望！我一过去，他没说什么，只指了指支票的背面。原来我忘了在背后签字，他没等我拔下自来水笔来，说了句："明天再说吧。"这才是我所希望的！本来吗，人家是一点关门；我补签上字，再等四点钟，不就是下午四点了吗？大热的天，二哥，人家能到时候不关门？我收起支票来，想说几句极合适的客气话，可是他喊了"二号"；我不能再耽误人家的工夫，决定回家好好的写封道歉的信！二哥，你得开开眼去，太够派儿！

有钱最好

既是苦命人，到处都得受罪。穷大奶奶逛青岛，受洋罪；我也正受着这种洋罪。

青岛的青山绿水是给诗人预备的，我不是诗人。青岛的洋楼汽车是给阔人预备的，我有时候袋里剩三个子儿。享受既然无缘，只好放在一边，单表受罪。

第一先得说房。大小不拘，这里的房全是洋式。由房东那方面看，租钱不算多；由住房儿的看，像我这样的人，简直一月月的干给房钱赶网。吃也不算贵，喝也不算贵；房没有贱的。房既然贵，自然住不起一整所儿，所以大多数的楼房是分租，一层儿两三间房租给一家。住楼上的呢，得上下跑腿；而且费煤，因为高处得风，墙又不厚。住楼下的，自然省了脚，也较比的暖一点，可是乐不抵苦。您别看大家都洋服唧当儿的，讲到公德心，青岛的人并不比别处的文明。楼的建筑根本是二五八，楼板也就是一寸来厚，而楼上的人们，绝不会想到楼下还有人。希望大家铺地毯，未免所求过奢；能垫上点席子的便很难得。要赶上楼上有那么七八个孩子，那就蛤蟆垫桌腿儿，死挨。人家能把楼板跺得老忽闪忽闪的动，时时有塌下来的可能。自然没人能管住小孩不走不跳，可是能够作到的也没人作。比如说椅子腿上包点布，或者不准小孩拉椅子，这很容易办吧？哼，没那回事。你莫名其妙楼上怎会有那么多椅子，更不知道为什么老在那儿拉。你晓得楼上拉椅子多么难听，它钻脑子，叫人想马上自杀。可是谁叫你住楼下呢！你乘早不用去请求，住楼上的理直气壮。"哟，我们的孩子会闹？那可奇怪！拉椅子？我们的小孩可就是喜欢拉椅子玩。在楼上踢毽？可不是，小孩还能不玩？"楼上的人都这么和气而且近情近理。你只有一条路，搬家。

搬吧，都调查好了，同楼的小孩少，大人也规矩，你很喜欢。搬过去一看，院里有八条狗！青岛是带洋派的地方，讲究养狗。可是养狗的人想不起去溜溜它们，狗屎全摆在院中。狗名儿都是洋的，什么济美、什么邦走；敢情洋名的狗拉洋屎，也是臭的。济美们还叫呢，要赶上你要睡会儿觉，或是孩子刚睡着，人家才叫得凶呢。

还得搬哪！这回可好，没有小孩，也没有狗。早晨七点来钟，人家唱上了。青岛的京戏最时兴。早晨唱过了，那敢情不过是喊喊嗓子。大轴子是在晚上，胡琴拉着，生末净旦丑俱全，唱开了没头儿。唱得好听的自然不是没有哇；叫人想自杀的也不少。你怎办？还得搬家。

搬一回家，要安一回灯，挂一回帘子；洋房吗。搬一回家，要到公司报一回灯，报一回水，洋派吗。搬一回家，要损失一些东西，损失一些钱，洋罪吗。

好房子有哇，也得住得起呀。算了吧，房子够了。

带洋字的，还就是洋车好，干净，雨布风帘也齐全；可就是贵。一上车就是一毛钱，稍微远么一点就得两毛。我的办法是不坐。这有点对不起"车友"们，可是有什么办法呢？自行车也不好骑，净是山路，坡得要命。最好是坐汽车，其次就是走，据我看。汽车呢，连那个喇叭咱也买不起；即使勉强的买个喇叭，不是还得自己走路；干脆，咱走就是了。青岛的空气却是不坏，可惜脚受点委屈！

关于食，没有什么可说的。饭馆子不少，中菜西菜都有。价钱都可以的，所以咱还是消极抵抗，不吃。自己家里做菜倒不贵，鱼虾现成，而且新鲜。别的肉类菜蔬也说不上贵来；吃饱了拉倒，这倒好办。馋了呢？活该！

穿，随便。青年人多数穿洋服，也很有些穿得很讲究的。咱向来不讲究穿，给它个不在乎。这占了已结婚的便宜。设若正在"追求"期间，我想我也得多一份洋罪。不穿洋服，可是我天天刮胡子，这一来是耍洋派，二来表示我并不完全不怕太太。完全不怕太太的人不易发财，真的！

说到了玩，此地没有什么游艺场。此地根本是个避暑的所在，成年价在这儿住，当然是别扭。京戏偶尔来几个名角，戏价总要两三块，咱犯不上去。平日呢，老有蹦蹦戏，听着又不过瘾。电影院有几处，夏天才来好片子；冬天只是对付事儿，我假装的避宿，赶到惊蛰再去，也还不迟。公园真好，道路真好，海岸真好，遇上晴天我便去走，既不用花钱，而且接近了自然。在别方面受的罪，由这个享受补过来，这叫做穷欢喜。

　　总起来说，青岛不是个坏地方，官员们也真卖力气建设。所谓洋罪，是我的毛病，穷。假若我一旦发了财，我必定很喜欢这里。等着吧，反正咱不能穷一辈子。

小病

大病往往离死太近，一想便寒心，总以不患为是。即使承认病死比杀头活埋剥皮等死法光荣些，到底好死不如歹活着。半死不活的味道使盖世的英雄泪下如雨呀。拿死吓唬任何生物是不人道的。大病专会这么吓唬人，理当回避，假若不能扫除净尽。

可是小病便当另作一说了。山上的和尚思凡，比城里的学生要厉害许多。同样，楚霸王不害病则没的可说，一病便了不得。生活是种律动，须有光有影，有左有右，有晴有雨；滋味就含在这变而不猛的曲折里。微微暗些，然后再明起来，则暗得有趣，而明乃更明；且不至明过了度，忽然烧断，如百烛电灯泡然。这个，照直了说，便是小病的作用。常患些小病是必要的。

所谓小病，是在两种小药的能力圈内，阿司匹灵与清瘟解毒丸是也。这两种药所不治的病，顶好快去请大夫，或者立下遗嘱，备下棺材，也无所不可，咱们现在讲的是自己能当大夫的"小"病。这种小病，平均每个半月犯一次就挺合适。一年四季，平均犯八次小病，大概不会再患什么重病了。自然也有爱患完小病再患大病的人，那是个人的自由，不在话下。

咱们说的这类小病很有趣。健康是幸福；生活要趣味。所以应当讲说一番：

小病可以增高个人的身分。不管一家大小是靠你吃饭，还是你白吃他们，日久天长，大家总对你冷淡。假若你是挣钱的，你越尽责，人们越挑眼，好像你是条黄狗，见谁都得连忙摆尾；一尾没摆到，即使不便明言，也暗中唾你几口。不大离的你必得病一回，必得！早晨起来，哎呀，头疼！买清瘟解毒丸去！还有阿司匹灵吗？不在乎要什么，要的是这个声势。狗的地位提高了不知多少。连懂点事的孩子也要闭眼想想了——这棵树可是倒不得呀！你在这时节可以发散发散狗的苦闷了，卫生的要术。你若是个白吃饭的，这个方法也一样灵验。特别是妈妈与老嫂子，一见你真需要阿司匹灵，她们会知道你没得到你所应得的尊敬，必能设法安慰你：去听听戏，或带着孩子们看电影去吧？她们诚意的向你商量，本来你的病是吃小药饼或看电影都可以治好的，可是你的身份高多了呢。在朋友中，社会中，光景也与此略同。

此外，小病两日而能自己治好，是种精神的胜利。人就是别投降给大夫。无论国医西医，一律招惹不得。头疼而去找西医，他因不能断症——你的病本来不算什么——一定嘱告你住院，而后详加检验，发现了你的小脚指头不是好东西，非割去不可。十天之后，头疼确是好了，可是足指剩了九个。国医文明一些，不提小脚指头这一层，而说你气虚，一开便开二十味药；他越摸不清你的脉，越多开药，意在把病吓跑。

就是不找大夫。预防大病来临，时时以小病发散之，而小病自己会治，这就等于"吃了萝卜喝热茶，气得大夫满街爬！"

有宜注意者：不当害这种病时，别害。头疼，大则足以失去一个王位，小则能惹出是非。设个小比方：长官约你陪客，你说头疼不去，其结果有不易消化者。怎样利用小病，须在全部生活艺术中搜求出来。看清机会，而后一想象，乃由无病而有病，利莫大焉。

这个，从实际上看，社会上只有一部分人能享受，差不多是一种雅好的奢侈。可是，在一个理想国里，人人应该有这个自由与享受。自然，在理想国内也许有更好的办法；不过，什么办法也不及这个浪漫，这是小品病。

大智若愚

　　学会了作文章，（文章不一定就是文艺），而后中了状元，而后无灾无病作到公卿，这恐怕是历来的文人的最如意的算盘。相传既久，心理就不易一时改变过来；于是在今天也许还有不少的人想用文章猎取利禄与声名。可是，这个心理必须改变，因为它正是把文艺置之死地的祸根。

　　要搞文艺就必先决定去牺牲。你要忘了个人的利益与幸福，你才能作一辈子文人，为文艺而生，为文艺而死。在物质享受上，稿费版税永远不能比囤积走私的来头大；在精神上，思想永远是自取烦恼的东西。相安无事便是一夜无话，文艺也就无从产生。不甘相安无事，你便必苦心焦虑的思索，而后把那最好的，最有价值的话说出来，而后你还要认真的去驳辩，勇敢的作真理的律师。这些，都给你带来痛苦，也许会要掉了脑袋。好话永远不甜蜜悦耳，而真理永远是用生命换得来的。

　　这样的说来，你假若想要以一半篇作品取个文艺者的头衔，从而展开一条小小的路径，去弄点钱花，娶个相当漂亮的太太，或且作一番与文艺无关的事业，则似乎大可不必，因为文艺最忌敷衍，最忌脚踩两只船；顶好卖什么吆喝什么，大不该只在"好玩"，或"方便"上耍些玄虚。

只要你一想到为文艺服役，你就须马上想到一切苦处，像要去作和尚那样斩尽尘根，硬是准备满身虱子连搔也不去搔一下！你要知道，凡是要救世的都须忘了自己，丧掉了自己的生命。

你要准备下那最高的思想与最深的感情，好长出文艺的花朵，切不可只在文字上用工夫，以文字为神符。文字不过是文艺的工具。一把好锯并不能使人变为好木匠。

即使那是真的，你也不要先去揣摩某人怎么仗着舅舅的力量而印出两本书，或某人怎么出巧计而作了编辑，从而千方百计的去仿效。文艺中无巧可取，你千万别自骗骗人！你知道，文艺者对别人是"大智"，对自己却是"大愚"！

四大皆空

从收入上说，我的黄金时代是当我在青岛教书的时候。那时节，有月薪好拿，还有稿费与版税作为"外找"，所以我每月能余出一点钱来放在银行里，给小孩们预备下教育费。我自己还保了寿险，以便一口气接不上来，子女们不致马上挨饿。此外，每月我还能买几十元的书籍与杂志。这点点未能免俗的办法，使我在妻小面前显出得意，因为人家往往爱说文人们都吊儿郎当，有了钱不干正经事；我这样为子女储金，自己还保寿险，大概可以堵住他们的嘴吧？

七七事变以后，我由青岛迁往济南齐鲁大学。书籍，我舍不得扔，故只把四大筐杂志卖掉，以减轻累赘。四大筐啊，卖了四十个铜板！书橱、火炉、小孩子的卧车和我的全份的刀枪剑戟，全部扔掉。幸而铁路局中有我的朋友，算是把重要的家具与书籍全由青岛运了出来。

当我由济南逃出来的时候，我的家小依然留在齐大。在我起身之前，我把书籍、字画，全打了箱，存在齐大图书馆里。后来，妻子离开济南，又将全部家具寄存在齐大，只带走一些随时穿用的衣服。

据内人来信说，儿女们的教育储金已全数等于零，因为她不屑于把它换成伪币。我的寿险，因为公司是美国人开的，在美日宣战后停业，只退还九百元法币。

这次我到成都，见到齐大的老友们。他们说：齐大在济南的校舍已完全被敌人占据，大家的一切东西都被劫一空，连校园的青草也被敌马啃光了。

好，除了我、妻、儿女，五条命以外，什么也没有了！而这五条命能否有足够维持的衣食，不至于饿死，还不敢肯定的说。她们命短呢，她们死；我该归阴呢，我死。反正不能因为穷困死亡而失了气节！因爱国，因爱气节，而稍微狠点心，恐怕是有可原谅的吧？

器物金钱算得了什么呢！将来再买再挣就是了！噢，恐怕经了这次教训，就永不购置像样儿的东西，以免患得患失，也不会再攒钱，即使是子女的教育费。我想，在抗战胜利以后，有了钱便去旅行，多认识认识国内的名山大川，或者比买了东西更有意义。至于书籍，虽然是最喜爱的东西，也不应再自己收藏，而是理应放在公众图书馆里的。

这次的损失中，说来颇觉可笑，使我连日感到不快者，倒是历年所积藏的一些字画。我喜爱字画，但是没有花到一个钱去买过。在我的"收藏"里，没有苏东坡或王石谷。我是重感情的人，我所保存的字画都是师友们的手迹。其中，有的是字不高明，画不成样，但是写字作画的人是我的朋友，所以我就珍藏着它们。在字画本身而外，它们都有些人的关系与历史在里边，使我看见字画也就想起人来，而另有一番滋味。有的呢，是字好画好，而且又出于师友之手，就分外觉得可贵。这些，唉，也都丢失了！其中最使我念念不忘的是方唯一先生给我们写的一副对。方先生的字与文的造诣都极深，我十六七岁练习古文旧诗受益于他老先生者最大。这一副对子是他临死以前给我写的，用笔运墨之妙，可以算他老人家的杰作。在战前，无论我在哪里住家，我总把它悬在最显眼的地方。我还记得它的文字："四世传经是谓通德，一门训善惟以永年"。方先生死去已有十年左右了，我再到哪里去求他的字呢！？其次，是松小梦的一张山水。松小梦是清末北方的一位小名家，在山东作过知县。这张画也是用稿纸画的，画得非常的雄浑。济南有位关松坪先生，是我的好友，也是松小梦的再传弟子。关先生在抗战的第二年去了世，这张画是由他配好了镜框赠给我的！松小梦的字画，在山东很容易得到；我伤心的倒是关先生的死去，我未能去吊祭，而他给我的纪念品又是这么马里马虎的丢掉，实在太对不起朋友了。此外，如颜伯龙——我最好的同学——的《牧豕图》，桑子中的油画《大明湖》，都是精美的作品，而且是结婚时他们送给的礼物，大概现在也都在济南的破货摊上堆着去了！

且莫伤心图书的遗失吧，要保存文化呀，必须打倒日本军阀！

文艺学徒

我想刻一块图章，上边用这么四个字——"文艺学徒"。

为什么呢？您看，每逢我写履历的时候，在职业栏中我只能填上"作家"二字。因为我的确是以写作为业。填完，我的脸就红起来，有时候甚至由红转绿。假若能够以"文艺学徒"代替"作家"，我一定会觉得舒服一些。

作家，这是个多么了不起的称号啊！一个作家应当同时也是个思想家；要不然，他就只能作个文匠或八股匠。我是不是个思想家呢？人总得诚实吧？好，既不该扯谎，我就必须连连摇头，以免自欺欺人。

再看，我们所处的是不是科学跃进的时代呢？一点不错，是的。要不怎么人造卫星与行星都陆续上了天呢？且不说天上的事吧，就专说地上人间，不是也由于科学的应用，人类的文化正起着很大的变化吗？难道一个作家应当对科学毫无所知，到工厂参观之后只交代一声："那里的机器怒吼了"就行了吗？这就要自问：我懂科学吗？还是不该扯谎；那么，还是只好连连摇头！

赫鲁晓夫同志前些日子勉励苏联作家们须作重炮的射手。

这就是说，作家们应作思想上的炮手，炮弹射的远，打的准，以便共产主义的建设大军冲上前去。假若我解释得无大错误，那就证明作家须同时也是思想家的说法倒还正确。

至于科学知识，在今天既已成为与我们的生活分不开的，作家就必须掌握一些。再说，作家对事物的分析，也必须运用科学方法，才能够正确。文艺作品的创作尽管独具规律，可是科学的分析方法还是极其重要的，非有不可的。事物分析未清，纵有生花之笔，也未见得能够尽到传播真理的责任。

哲学与科学，这么看来，简直是作家的左右手。

那么，作家就该努力学习哲学与科学，而忘了艺术吗？谁说的？我现在正要从艺术修养上查看查看自己。

作家也是艺术家吧？应该懂得点艺术吧？对！那么，我懂音乐吗？懂绘画吗？懂舞蹈吗？回答倒省事：都不懂！

好啦，外国的最好的芭蕾舞来了，我去鼓掌。怎么单鼓掌呢？这是实话。人家鼓掌，我也跟着鼓掌；我连领头儿鼓掌也不敢啊，怕鼓错了地方。看完了不写一段短文吗？哎呀，连鼓掌还须留着神，我怎么写文章呢？

过两天，又来了外国最有名的管弦乐队。这回，我写了文章。可惜，被刊物编辑部退回来了。我能怪编辑同志吗？我写的是：音乐很好，因为很响啊！

我的天，我是多么朴素的作家呀！可惜，这样的朴素差不多即等于无知啊！

有人也许说：你要求的太多了；音乐、绘画什么的对你有什么用处呢？

好，让咱们谈谈"用处"吧。您看，我的作品是不是写得有点干巴巴的？是！怎能不是呢？许多事情我不敢描写，包括对音乐、绘画、舞蹈等等的欣赏与享受，因为不懂啊。这就减少了作品内容的丰富多姿。知道的少，笔墨的活动便受了限制。再说，既不懂音乐，我的耳朵就不灵，写一首诗吧，缺欠音声之美，难以上口、悦耳。写一首歌吧，文字的安排是那么别扭，叫制谱者流汗不已，无法以音乐之美发挥语言之美。既不懂绘画，我就往往不善于取景，不会三言两笔描画出一段鲜明的景色来。不错，艺术各部门都各有自己的领域，各有自己的工具。可是它们也都能相互为用，产生更好的效果。在远古时代，诗歌、舞蹈、音乐本是三位一体的，后来才分了家。我们的戏曲，还保存着这个三位一体的好处。我们编写一出戏曲而不懂这三者的如何结合是不会写得出色的。

您看，京剧四大名旦不但在剧艺上各有创造，而且还都能写善画。记得梅兰芳大师说过，大意是：学点绘画，会运用五颜六色，大有助于舞台布景及服装的设计。这话对，看看他的行头是多么美丽而又合乎剧中人的身份啊！不但绘画学习的本身就是一种艺术享受，而且还能应用到舞台上去，这多么好啊！一位艺术家的生活越丰富，知道的越宽，就越敢放胆创造。

再看，余叔岩与言菊朋二位名须生吧。他们都精研韵律，所以他们能够唱得依字行腔，韵味深厚。他们"唱"，不扯着脖子乱"喊"。

说到这里，就非请出郭老来作证不可了。郭老是：诗人、

147

科学家、古文字学家、历史学家、文学家、和平战士，萃于一身。他博学多闻，生活经验丰富，又掌握了科学分析的方法。他还善于鉴定古器。他喜爱观赏绘画，并且写得一笔好字。他有这么多本领，所以他对作家这个称号的确当之无愧！

咱们历史上的文人都讲究在诗文之外还学习琴棋书画，并争取上知天文，下晓地理。郭老承袭了这个传统，可比古人还高超许多。古人不大懂科学，郭老懂；古人只知真草隶篆，而郭老是甲骨文研究的专家。甲骨文是真草隶篆的老祖宗啊！没有郭老的历史知识、科学的考证方法，和诗人的想象，就创作不出郭老的那些部历史戏来。

齐白石大师也多么伟大呀：画好，诗好，刻印好，书法好。在他的一幅作品里，四妙咸备，样样表现着他终生勤学苦练、奋斗不懈的精神。

用上述的那些大师来衡量自己，是有好处的。是的，在他们的面前，我怎能不想以"文艺学徒"代替"作家"呢？

这篇小文本是为表示我自己的态度，可是我必须顺手提到两位给我来过信的青年。这两位青年只代表他们自己，不代表别人。一位是初中学生，告诉我：他要马上停学，专搞文艺创作，以便及早成为作家。您看，他的连历史、地理、物理、化学等基本知识都弃而不学的办法妥当吗？我不想多说什么。

另一青年来信控诉：我写了一篇小说，六次投稿，六次退回；这是怎么一回事？我知道，这位青年人求成心切，愿意一战成功。可是，检查自己一下，究竟自己都具备了哪些当作家的条件，是不是比控告刊物编辑更聪明呢？即使那一篇小说被选用了，又怎样呢？随时努力从各方面充实自己，自有成功的那一天；随时发表可有可无的作品，尽管作了作家协会的会员，又有什么好处呢？我知道作家的称号每每使我面红耳赤，我年已六十，也许连文艺学徒也当不好了。我切盼这位有志于文艺创作的青年，先放下当作家的虚荣心，而去真下一番苦工夫，从社会主义哲学思想上，科学知识上，艺术修养上，生活经验上，道德品质上，充实自己。创作出优秀的作品是勤学苦练，博学多闻的结果；反之，不事耕耘，但求收获，恐怕不会得到什么好结果。

神的游戏

戏剧不是小说。假若我是个木匠，我一定说戏剧不是大锯。由正面说，戏剧是什么，大概我和多数的木匠都说不上来。对戏剧我是头等的外行。

可是，我作过戏剧。这只有我与字纸篓知道。看别人写戏，我也试试，正如看别人下海，我也去涮涮脚。原来戏剧和小说不是一回事。这个发现，多少是恼人的。

"小说是袖珍戏园"。不错。连卖瓜子的打手巾把的都有地位。形容那位睡着了的观客，和他的梦，都无所不可。一出戏，非把卖瓜子的逐出去不可，那位作梦的先生也该枪毙。戏剧限于台上那点玩艺，而且必定不许台下有人睡觉。一些布景，几个人，说说笑笑或哭哭啼啼，这要使人承认为艺术；天哪，难死人也！景片的绳子松了一些，椅子腿有点活动，都不在话下；她一个劲儿使人明白人生，认识生命，拿揭显代替形容，拿吵嘴当作哲理，这简直不可能。可是真有会干这个的！

设若戏剧是"一个"人的发明，他必是个神。小说，二大妈也会是发明人。从头说起吧。立意有了，人物，地点，时间，也都有了，这不应很乐观么？是。于是提起笔来，终于放下，让谁先出来呢？设若是小说，我就大有办法。我能叫一混成旅人一齐出来，也能叫一个人没有而大讲秋天的红叶。戏剧家必是个神，他晓得而且毫不迟疑的怎样开始。他似乎有件法宝，一祭起便成了个诛仙阵，把台下的众灵魂全引进阵去。并且是很简单呀，没有说明书，没有开场词，没有名人的介绍；一开幕便单摆浮搁的把阵式列开，一两个回合便把人心捉住，拿活人演活人的事，而且叫台下的活人郑重其事的感到一些什么，傻子似的笑或落泪。这个本事是真本事，我只能使眼前的白纸老那么白着吧。请想，我面对面的，十二分诚恳的，给二大妈述说一件事，她还不能明白，或是不愿听；怎能将两个人放在台上交谈一阵，就使她明白而且乐意听呢？大概不是她故意与我作难，就是我该死。

勉强的打了个头儿。一开幕，一胖一瘦在书房内谈话，窗外有片雪景，不坏。胖子先说话，瘦子一边听一边看报。也好。谈了两三分钟，胖子和瘦子的话是一个味儿，话都非常的漂亮，只是显不出胖子是怎么个人，瘦子是怎么个人。把笔放下，叹气。

过了十分钟，想起来了。该上女角了。女角一露面，胖子和瘦子之间便起了冲突，一起冲突便有了人格。好极了。女角出来了。她也加入谈话，三个人说的都一个味儿，始终是白开水。她打扮得很好，长得也不坏，说话也漂亮；她是怎么个人呢？没办法。胖子不替她介绍，瘦子也不管详述族谱，她自己更不好意思自述。这位救命星原来也是木头的。字纸篓里增多了两三张纸。

天才不应当承认失败，再来。这回，先从后头写。问题的解决是更难写的；先解决了，然后再倒转回来补充，似乎更保险。小说不必这样，因为无结果而散也是真实的情形。戏剧必须先作茧，到末了变出蛾子来。是的，先出蛾子好了。反正事实都已预备好，只凭一写了。写吧。胖子瘦子和姑娘又都出来了。还是木头的。瘦子娶了姑娘，胖子饮鸩而死，悲剧呀。自己没悲，胖子没悲，虽然是死了！事实很有味儿，就是人始终没活着。胖子和瘦子还打了一场呢，白打，最紧张处就是这一打，我自己先笑了。

念两本前人的悲剧，找点诀窍吧。哼！事实不如我的奇，穿插不如我的巧，言语没有我的俏，可是，也不是从哪里找来的，前前后后，里里外外，有股悲劲萦绕回环，好似与人物事实平行着一片秋云，空气便是凉飕飕的。不是闹鬼；定是有神。这位神，把人与事放在一个悲的宇宙里。不知他是先造的人呢，还是先造的那个宇宙。一切是在悲壮的律动里，这个律动把二大妈的泪引出来，满满的哭了两三天，泪越多心里越痛快。二大妈的灵魂已到封神台下去，甘心的等着被封为——哪怕是土地奶奶呢，到底是入了神界！

我完了。神始终不照顾我。他不给我这点力量。我的眼总是迷糊，看不见那么立体的一小块——其中有人有事有说有笑，一小块人生，一小块真理，一小块悲史，放在心里正合适，放在宇宙里便和宇宙融成一体，如气之与风。戏剧呀，神的游戏。木匠，还是用你的锯吧。

储蓄思想

　　我真不愿把文艺说成什么神秘的东西，可是赶到人家问我怎样写作，我又往往不能痛痛快快的，像二加二等于四那样的，给人家几句简单而有用的话。这使我非常的苦痛。你看，我的确是写过了不少东西，可是我没有胆量声明我的成绩有什么了不起之处。我只能说我是在不断地学习。那么，你向一个文艺学徒问长问短，也就难怪我说不出所以然来了。

　　对，我只好告诉你，你须先学习吧。假若你肯用心学习，我想你不久就能赶过我去。文艺并不是几个天才者的专利品，谁肯学习谁就能生产一些"文货"。

　　怎样学习呢？这，又是个不好回答的问题。戏法人人会变，各有巧妙不同。有许多不同的路子都可以走到"文艺之家"的门前。现在，我只能就个人的经历作个简单的报告，供作参考而已。

　　要学习文艺，切勿专在文艺作品上打转儿。你要先有一些思想。真的，文艺作品不专仗着思想支持着，正像一个美人不能专仗脸子好而可以不要骨头不要肉那样。可是，文艺的最大的使命是发扬真理，怎可不先由思想入手呢？想想看，一个没有思想的人，也就不辨是非，不关心人类的生活合理不合理，那么，他怎能有正义感，怎能选择什么值得说，什么是废话呢？因此，你要储蓄思想。用思想作你的眼睛，去看，去分析，去判断，而后你才能找到你以为值得说的话。假若你以为某几句话值得说，非说不可，你必会把你的感情激动起来，设法用最足以动人的形式而把它说出来。思想是花朵，感情是色与香。自然，一个富于感情的人，未必有高深的思想；一个有思想的人，又未必有深厚的感情。可是，预备做一个文艺家，你就非由思想上发泄你的感情不可，因为你若糊里糊涂，专凭感情的奔放去写作，你所给人家的也许只是一些伤感或成见；你可以成为一个风流才子，专用感情写出"红是相思绿是愁"，和"不住温柔住何乡"那样的聪明的句子，可是与人生大道理有什么关系呢？你是当代的人，你应当先关切当代人类的苦难与幸福。只有感情而没有思想，你便只会关心你自己，把你的一点小小的折磨与苦痛说到天那么大，而与旁人无关。风流才子，你要知道，是摩登世界人类的渣滓呀！

不过，你可也要记住，储蓄思想便是储蓄炸药，它也会炸死你自己，为安全计，你顶好躲它远些。思想与苦痛永远紧紧相随，因为一般的人不喜欢用他们的脑子，所以看别人一用脑子便吓一跳，而想把那个怪物用砖头打杀。你要准备吃砖头。

是的，文艺不专仗思想支持着，可是你若专从文字或感情上入手，你便很自然的只会制造些小玩意儿，花呀儿呀的哭哭啼啼，而不敢正眼看社会与世界；尽管文字与感情也是文艺中的重要构成分子。

再说，储蓄了思想，虽不能成功一个文艺者，你还不失为一个有头脑的人。若只耍弄耍弄文字，发泄发泄小小的牢骚，则不但不能成为伟大的文艺家，或者还把你自己毁掉——风流才子不往往是废物么？

有了思想，你该再注意世态。思想是抽象的，空洞的；世态是具体的，实在的。用你的思想去分析世态，而后你才会从混乱浮动的人生中找到了脉络，才会找到病源。这样，你才能明白思想并不是死东西，而是在人们的心理与世态中隐藏着的。你须在若隐若现之中把它找出来，正像医生由病人的脸上发烧而窥见了肺部的隐病。你须描写世态，而描写世态，正可以传播思想。所谓具体的描写并非是照像，而是以态寄意。

有了思想，你才会知道文字不仅是字与字的联缀，而是逻辑的推断。胡涂的句子是胡涂人的声音。你一点也不要忽略了文字的重要，但是你更不应忽略了文字的根源——思想。你一点也不要忽略了感情的重要，但是你须先辨明哪是值得说的，哪是不值得说的，若给不值得一说的加上华美的外饰与感情，你便是骗人，便是变戏法，而不是制作文艺。

关于思想的重要已说了不少，就此打住，等有工夫再说别的吧。

第四章

一辈子很短，要么有趣，要么老去

青岛与我

　　这是头一次在青岛过夏。一点不吹，咱算是开了眼。可是，只能说开眼；没有别的好处。就拿海水浴说吧，咱在海边上亲眼看见了洋光眼子！可是咱自家不敢露一手儿。大概您总可以想象得到：一个比长虫——就是蛇呀——还瘦的人儿，穿上上不着天，下不着地的浴衣，脖子上套着太平圈，浑身上下骨骼分明，端立海岸之上，这是不是故意的气人？即使大家不动气，咱也不敢往水里跳呀；脖子上套着皮圈，而只在沙土上"憧憬"，泄气本无不可，可也不能泄得出奇。咱只能穿着夏布大衫，远远的瞧着；偶尔遇上个异教卫道的人，相对微笑点首，叹风化之不良；其实他也跟我一样，不敢下水。海水浴没了咱的事。

　　白天上海岸，晚上呢自然得上跳舞场。青岛到夏天，的确是热闹：白舞女，黄舞女，黑舞女，都光着脚，脚指甲上涂得通红晶亮，鞋只是两根绊儿和两个高底。衣服，帽子，花样之多简直说不尽。按说咱既不敢下海，晚上似乎该去跳了，出点汗，活动活动。咱又没这个造化。第一，晚上一过九点就想睡；到舞场买票睡觉，似乎大可不必。第二呢，跳倒可以敷衍着跳一气，不过人家不踩咱的脚指，而咱只踩人家的，虽说有独到之处，到底怪难以为情。莫若早早的睡吧，不招灾，不惹祸。况且这么规规矩矩，也足引起太太的敬意，她甚至想登报颂扬我的"仁政"，可是被我拦住了，我向来是不好虚荣的。

　　既不去赶热闹，似乎就该在家中找些乐事；唱戏，打牌，安无线广播机等等都是青岛时行的玩艺。以唱戏说，不但早晨在家中吊嗓子的很多，此地还有许多剧社，锣鼓俱全，角色齐备，倒怪有个意思。我应当加入剧社，我小时候还听过谭鑫培呢，当然有唱戏的资格。找了介绍人，交了会费，头一天我就露了一出《武家坡》。我觉得唱得不错，第二天早早就去了，再想露一出拿手的。等了足有两点钟吧。一个人也没来，社员们太不热心呀，我想。第三天我又去了，还是没人，这未免有点奇怪。坐了十来分钟我就出去了，在门口遇见了个小孩。"小孩，"我很和气的说，"这儿怎样老没人？"小孩原来是看守票房李六的儿子，知道不少事儿。"这两天没人来，因为呀，"小孩笑着看了我一眼，"前天有一位先生唱得像鸭子叫唤，所以他们都不来啦；前天您来了吗？"我摇了摇头，一声没出就回了家。回到家里，我一咂摸滋味，心里可真有点不得劲儿。可是继而一想呢，票友们多半是有习气的，也许我唱得本来很好，而他们"欺生"。这么一想，我就决定在家里独唱，不必再出去怄闲气。唱，我一个人可就唱开了，"文武代打"，好不过瘾！唱到第三天，房东来了，很客气的请我搬家，房东临走，向敝太太低声说了句："假若先生不唱呢，那就不必移动了，大家都是朋友！"太太自然怕搬家，先生自然怕太太，我首先声明我很讨厌唱戏。

我刚要去买播音机，邻居郑家已经安好，我心中不大好过。在青岛，什么事走迟了一步，风头就被别人出尽；我不必再花钱了，既然已叫郑家抢了先。再说呢，他们播放，我听得很真，何必一定打对仗呢。我决定等着听便宜的。郑家的机器真不坏，据说花了八百多块。每到早十点，他们必转弄那个玩艺。最初是像火车挂钩，嘎！哗啦，哗啦！哗啦了半天，好似怕人讨厌它太单调，忽然改了腔儿，细声细气的啊啊，像老牛害病时那样呻吟。猛古丁的又改了办法，啪啪，喔——喔，越来越尖，咯喳！我以为是院中的柳树被风刮折了一棵！这是前奏曲。一切静寂，有五分钟的样子，忽然兜着我的耳根子："南京！"也就是我呀，修养差一点的，管保得惊疯！吃了一丸子定神丸，我到底要听听南京怎样了。呕，原来南京的底下是——"王小姐唱《毛毛雨》"。这个《毛毛雨》可与众不同：第一声很足壮，第二声忽然像被风刮了走，第三声又改了火车挂钩，然后紧跟着刮风，下雨，打雷，空军袭击城市，海啸；《毛毛雨》当然听不到了。闹了一大阵，兜着我的耳根子——"北平！"我堵上了耳朵。早晨如是，下午如是，夜间如是；这回该我找房东去了。我搬了家。

还就是打个小牌，大概可以不招灾惹祸，可是我没有忍力。叫我打一圈吗，还可以；一坐下就八圈，我受不了。况且十几张牌，咱得把它们摆成五行，连这么办还有时把该留着的打出去。在我，这是消遣，慢慢的调动，考虑，点头，迟疑，原无不可；可是别人受得了吗。莫若多一事不如少一事，不必招人讨厌。

您说青岛这个地方，除了这些玩耍，还有什么可干的？干脆的说吧，我简直和青岛不发生关系，虽然是住在这里。有钱的人来青岛，好。上青岛来结婚，妙。爱玩的人来青岛，行。对于我，它是片美丽的沙漠。

对，有一件事我做还合适，而且很时行。娶个姨太太。是的，我得娶个姨太太。又体面，又好玩。对，就这么办啦。我先别和太太商量，而暗中储蓄俩钱儿。等到娶了姨太太之后，也许我便唱得比鸭子好听，打牌也有了忍力……您等我的喜信吧！

大明湖之春

北方的春本来就不长，还往往被狂风给七手八脚的刮了走。济南的桃李丁香与海棠什么的，差不多年年被黄风吹得一干二净，地暗天昏，落花与黄沙卷在一处，再睁眼时，春已过去了！记得有一回，正是丁香乍开的时候，也就是下午两三点钟吧，屋中就非点灯不可了；风是一阵比一阵大，天色由灰而黄，而深黄，而黑黄，而漆黑，黑得可怕。第二天去看院中的两株紫丁香，花已像煮过一回，嫩叶几乎全破了！济南的秋冬，风倒很少，大概都留在春天刮呢。

有这样的风在这儿等着，济南简直可以说没有春天；那么，大明湖之春更无从说起。

济南的三大名胜，名字都起得好：千佛山，趵突泉，大明湖，都多么响亮好听！一听到"大明湖"这三个字，便联想到春光明媚和湖光山色等等，而心中浮现出一幅美景来。事实上，可是，它既不大，又不明，也不湖。

湖中现在已不是一片清水，而是用坝划开的多少块"地"。"地"外留着几条沟，游艇沿沟而走，即是逛湖。水田不需要多么深的水，所以水黑而不清；也不要急流，所以水定而无波。东一块莲，西一块蒲，土坝挡住了水，蒲苇又遮住了莲，一望无景，只见高高低低的"庄稼"。艇行沟内，如穿高粱地然，热气腾腾，碰巧了还臭气烘烘。夏天总算还好，假若水不太臭，多少总能闻到一些荷香，而且必能看到些绿叶儿。春天，则下有黑汤，旁有破烂的土坝；风又那么野，绿柳新蒲东倒西歪，恰似挣命。所以，它既不大，又不明，也不湖。

话虽如此，这个湖到底得算个名胜。湖之不大与不明，都因为湖已不湖。假若能把"地"都收回，拆开土坝，挖深了湖身，它当然可以马上既大且明起来：湖面原本不小，而济南又有的是清凉的泉水呀。这个，也许一时作不到。不过，即使作不到这一步，就现状而言，它还应当算作名胜。北方的城市，要找有这么一片水的，真是好不容易了。千佛山满可以不算数儿，配作个名胜与否简直没多大关系，因为山在北方不是什么难找的东西呀。水，可太难找了。济南城内据说有七十二泉，城外有河，可是还非有个湖不可。泉，池，河，湖，四者俱备，这才显出济南的特色与可贵。它是北方唯一的"水城"，这个湖是少不得的。设若我们游湖时，只见沟而不见湖，请到高处去看看吧，比如在千佛山上往北眺望，则见城北灰绿的一片——大明湖；城外，华鹊二山夹着湾湾的一道灰亮光儿——黄河。这才明白了济南的不凡，不但有水，而且是这样多呀。

况且，湖景若无可观，湖中的出产可是很名贵呀。懂得什么叫作美的人或者不如懂得什么好吃的人多吧，游过苏州的往往只记得此地的点心，逛过西湖的提起来便念道那里的龙井茶，藕粉与莼菜什么的，吃到肚子里的也许比一过眼的美景更容易记住，那么大明湖的蒲菜，茭白，白花藕，还真许是它驰名天下的重要原因呢。不论怎么说吧，这些东西既都是水产，多少总带着些南国风味；在夏天，青菜挑子上带着一束束的大白莲花菁荚出卖，在北方大概只有济南能这么"阔气"。

　　我写过一本小说——《大明湖》——在"一·二八"与商务印书馆一同被火烧掉了。记得我描写过一段大明湖的秋景，词句全想不起来了，只记得是什么什么秋。桑子中先生给我画过一张油画，也画得是大明湖之秋，现在还在我的屋中挂着。我写的，他画的，都是大明湖，而且都是大明湖之秋，这里大概有点意思。对了，只是在秋天，大明湖才有些美呀。济南的四季，唯有秋天最好，晴暖无风，处处明朗。这时候，请到城墙上走走，俯视秋湖，败柳残荷，水平如镜；唯其是秋色，所以连那些残破的土坝也似乎正与一切景物配合：土坝上偶尔有一两截断藕，或一些黄叶的野蔓，配着三五枝芦花，确是有些画意。"庄稼"已都收了，湖显着大了许多，大了当然也就显着明。不仅是湖宽水净，显着明美，抬头向南看，半黄的千佛山就在面前，开元寺那边的"橛子"——大概是个塔吧——静静的立在山头上。往北看，城外的河水很清，菜畦中还生着短短的绿叶。往南往北，往东往西，看吧，处处空阔明朗，有山有湖，有城有河，到这时候，我们真得到个"明"字了。桑先生那张画便是在北城墙上画的，湖边只有几株秋柳，湖中只有一只游艇，水作灰蓝色，柳叶儿半黄。

湖外，他画上了千佛山，湖光山色，联成一幅秋图，明朗，素净，柳梢上似乎吹着点不大能觉出来的微风。

对不起，题目是大明湖之春，我却说了大明湖之秋，可谁教亢德先生出错了题呢！

可爱的成都

到成都来，这是第四次。第一次是在四年前，住了五六天，参观全城的大概。第二次是在三年前，我随同西北慰劳团北征，路过此处，故仅留二日。第三次是慰劳归来，过此小住，留四日，见到不少的老朋友。这次——第四次——是受冯焕璋先生之约，去游灌县与青城山，由山上下来，顺便在成都玩几天。

成都是个可爱的地方。对于我，它特别的可爱，因为：

（一）我是北平人，而成都有许多与北平相似之处，稍稍使我减去些乡思。到抗战胜利后，我想，我总会再来一次，多住些时候，写一部以成都为背景的小说。在我的心中，此地方好像也都很像人似的，有个性格。我不喜上海，因为我抓不住它的性格，说不清它到底是怎么一回事。我不能与我所不明白的人交朋友，也不能描写我所不明白的地方。对成都，真的，我知道的事情太少了；但是，我相信会借它的光儿写出一点东西来。我似乎已看到了它的灵魂，因为它与北平相似。

（二）我有许多老友在成都。有朋友的地方就是好地方。这诚然是个人的偏见，可是恐怕谁也免不了这样去想吧。况且成都的本身已经是可爱的呢。八年前，我曾在齐鲁大学教过书。七七抗战后，我又由青岛移回济南，仍住齐大。我由济南流亡出来，我的妻小还留在齐大，住了一年多。齐大在济南的校舍现在已被敌人完全占据，我的与朋友们的一切书籍器物已被劫一空，那么，今天又能在成都会见共患难的老友，是何等的快乐呢！衣物，器具，书籍，丢失了，有什么关系！我们还有命，还能各守岗位的去忍苦抗敌，这就值得共进一杯酒了！抗战前，我在山东大学也教过书。这次，在华西坝，无意中的也遇到几位山大的老友，"惊喜欲狂"一点也不是过火的形容。一个人的生命，我以为，是一半儿活在朋友中的。假若这句话没有什么错误，我便不能不"因人及地"的喜爱成都了。啊，这里还有几十位文艺界的友人呢！与我的年纪差不多的，如郭子杰，叶圣陶，陈翔鹤诸先生，握手的时节，不知为何，不由的就彼此先看看头发——都有不少根白的了，比我年纪轻一点的呢，虽然头发不露痕迹，可是也都显着削瘦，霜鬓瘦脸本是应该引起悲愁的事，但是，为了抗战而受苦，为了气节而不肯折腰，瘦弱衰老不是很自然的结果么？这真是悲喜俱来，另有一番滋味了！

（三）我爱成都，因为它有手有口。先说手，我不爱古玩，第一因为不懂，第二因为没有钱。我不爱洋玩艺，第一因为它们洋气十足，第二因为没有美金。虽不爱古玩与洋东西，但是我喜爱现代的手造的相当美好的小东西。假若我们今天还能制造一些美好的物件，便是表示了我们民族的爱美性与创造力仍然存在，并不逊于古人。中华民族在雕刻，图画，建筑，制铜，造瓷……上都有特殊的天才。这种天才在造几张纸，制两块墨砚，打一张桌子，漆一两个小盒上都随时的表现出来。美的心灵使他们的手巧。我们不应随便丢失了这颗心。因此，我爱现代的手造的美好的东西。北平有许多这样的好东西，如地毯，珐琅，玩具……但是北平还没有成都这样多。成都还存着我们民族的巧手。我绝对不是反对机械，而只是说，我们在大的工业上必须采取西洋方法，在小工业上则须保存我们的手。谁知道这二者有无调谐的可能呢？不过，我想，人类文化的明日，恐怕不是家家造大炮，户户有坦克车，而是要以真理代替武力，以善美代替横暴。果然如此，我们便应想一想是否该把我们的心灵也机械化了吧？次说口：成都人多数健谈。文化高的地方都如此，因为"有"话可讲，但是，这且不在话下。

这次，我听到了川剧，洋琴，与竹琴。川剧的复杂与细腻，在重庆时我已领略了一点。到成都，我才听到真好的川剧。很佩服贾佩之，萧楷成，周企何诸先生的口。我的耳朵不十分笨，连昆曲——听过几次之后——都能哼出一半句来。可是，已经听过许多次川剧，我依然一句也哼不出。它太复杂，在牌子上，在音域上，恐怕它比任何中国的歌剧都复杂的好多。我希望能用心的去学几句。假若我能哼上几句川剧来，我想，大概就可以不怕学不会任何别的歌唱了。竹琴本很简单，但在贾树三的口中，它变成极难唱的东西。他不轻易放过一个字去，他用气控制着情，他用"抑"逼出"放"，他由细嗓转到粗噪而没有痕迹。我希望成都的口，也和它的手一样，能保存下去。我们不应拒绝新的音乐，可也不应把旧的扫灭。

恐怕新旧相通，才能产出新的而又是民族的东西来吧。

　　还有许多话要说，但是很怕越说越没有道理，前边所说的那一点恐怕已经是胡涂话啊！且就这机会谢谢侯宝璋先生给我在他的客室里安了行军床，吴先忧先生领我去看戏与洋琴，"文协"分会会员的招待，与朋友们的赏酒饭吃！

又是一年芳草绿

　　悲观有一样好处，它能叫人把事情都看轻了一些。这个可也就是我的坏处，它不起劲，不积极。您看我挺爱笑不是？因为我悲观。悲观，所以我不能板起面孔，大喊："孤——刘备！"我不能这样。一想到这样，我就要把自己笑毛咕了。看着别人吹胡子瞪眼睛，我从脊梁沟上发麻，非笑不可。我笑别人，因为我看不起自己。别人笑我，我觉得应该；说得天好，我不过是脸上平润一点的猴子。我笑别人，往往招人不愿意；不是别人的量小，而是不像我这样稀松，这样悲观。

　　我打不起精神去积极的干，这是我的大毛病。可是我不懒，凡是我该作的我总想把它作了，纯为得点报酬养活自己与家里的人——往好了说，尽我的本分。我的悲观还没到想自杀的程度，不能不找点事作。有朝一日非死不可呢，那只好死喽，我有什么法儿呢？

　　这样，你瞧，我是无大志的人。我不想作皇上。最乐观的人才敢作皇上，我没这份胆气。

　　有人说我很幽默，不敢当。我不懂什么是幽默。假如一定问我，我只能说我觉得自己可笑，别人也可笑；我不比别人高，别人也不比我高。谁都有缺欠，谁都有可笑的地方。我跟谁都说得来，可是他得愿意跟我说；他一定说他是圣人，叫我三跪九叩报门而进，我没这个瘾。我不教训别人，也不听别人的教训。幽默，据我这么想，不是嬉皮笑脸，死不要鼻子。

也不是怎股子劲儿，我成了个写家。我的朋友德成粮店的写账先生也是写家，我跟他同等，并且管他叫二哥。既是个写家，当然得写了。"风格即人"——还是"风格即驴"？——我是怎个人自然写怎样的文章了。于是有人管我叫幽默的写家。我不以这为荣，也不以这为辱。我写我的。卖得出去呢，多得个三头五块的，买什么吃不香呢。卖不出去呢，拉倒，我早知道指着写文章吃饭是不易的事。

稿子寄出去，有时候是肉包子打狗，一去不回头；连个回信也没有。这，咱只好幽默；多咱见着那个骗子再说，见着他，大概我们俩总有一个笑着去见阎王的。不过，这是不很多见的，要不怎么我还没想自杀呢。常见的事是这个，稿子登出去，酬金就睡着了，睡得还是挺香甜。直到我也睡着了，它忽然来了，仿佛故意吓人玩。数目也惊人，它能使我觉得自己不过值一毛五一斤，比猪肉还便宜呢。这个咱也不说什么，国难期间，大家都得受点苦，人家开铺子的也不容易，掌柜的吃肉，给咱点汤喝，就得念佛。是的，我是不能当皇上，焚书坑掌柜的，咱没那个狠心，你看这个劲儿！不过，有人想坑他们呢，我也不便拦着。

这么一来，可就有许多人看不起我。连好朋友都说："伙计，你也硬正着点，说你是为人类而写作，说你是中国的高尔基；你太泄气了！"真的，我是泄气，我看高尔基的胡子可笑。他老人家那股子自卖自夸的劲儿，打死我也学不来。人类要等着我写文章才变体面了，那恐怕太晚了吧？我老觉得文学是有用的；拉长了说，它比任何东西都有用，都高明。可是往眼前说，它不如一尊高射炮，或一锅饭有用。我不能吆喝我的作品是"人类改造丸"。我也不相信把文学杀死便天下太平。我写就是了。

别人的批评呢？批评是有益处的。我爱着批评，它多少给我点益处；即使完全不对，不是还让我笑一笑吗？自己写的时候仿佛是蒸馒头呢，热气腾腾，莫名其妙。及至冷眼人一看，一定看出许多错儿来。我感谢这种指摘。说的不对呢，那是他的错儿，不干我的事。我永不驳辩，这似乎是胆儿小；可是也许是我的宽宏大量。我不便往自己脸上贴金。一件事总得由两面儿瞧，是不是？

对于我自己的作品，我不拿她们当作宝贝。是呀，当写作的时候，我是卖了力气，我想往好了写。可是一个人的天才与经验是有限的，谁也不敢保了老写的好，连荷马也有打盹的时候。有的人呢，每一拿笔便想到自己是但丁，是莎士比亚。这没有什么不可以的，天才须有自信的心。我可不敢这样，我的悲观使我看轻自己。我常想客观的估量估量自己的才力；这不易作到，我究竟不能像别人看我看得那样清楚；好吧，既不能十分看清楚了自己，也就不用装蒜。谦虚是必要的，可是装蒜也大可以不必。

　　对作人，我也是这样。我不希望自己是个完人，也不故意的招人家的骂。该求朋友的呢，就求；该给朋友作的呢，就作。作的好不好，咱们大家凭良心。所以我很和气，见着谁都能扯一套。可是，初次见面的人，我可是不大爱说话；特别是见着女人，我简直张不开口，我怕说错了话。在家里，我倒不十分怕太太。可是对别的女人老觉着恐慌，我不大明白妇女的心理；要是信口开河的说，我不定说出什么来呢，而妇女又爱挑眼。男人也有许多爱挑眼的，所以初次见面，我不大愿开口。我最不喜辩论，因为红着脖子粗着筋的太不幽默。我最不喜欢好吹腾的人，可并不拒绝与这样的人谈话；我不爱这样的人，但喜欢听他的吹。最好是听着他吹，吹着吹着连他自己也忘了吹到什么地方去，那才有趣。

　　可喜的是有好几位生朋友都这么说："没见着阁下的时候，总以为阁下有八十多岁了。敢情阁下并不老。"是的，虽然将奔四十的人，我倒还不老。因为对事轻淡，我心中不大藏着计划，作事也无须耍手段，所以我能笑，爱笑；天真的笑多少显着年青一些。我悲观，但是不愿老声老气的悲观，那近乎"虎事"。我愿意老年轻轻的，死的时候像朵春花将残似的那样哀而不伤。我就怕什么"权威"咧，"大家"咧，"大师"咧，等等老气横秋的字眼们。我爱小孩，花草，小猫，小狗，小鱼；这些都不"虎事"。偶尔看见个穿小马褂的"小大人"，我能难受半天，特别是那种所谓聪明的孩子，让我难过。比如说，一群小孩都在那儿看变戏法儿，我也在那儿，单会有那么一两个七八岁的小老头说："这都是假的！"这叫我立刻走开，心里堵上一大块。世界确是更"文明"了，小孩也懂事懂得早了，可是我还愿意大家傻一点，特别是小孩。假若小猫刚生下来就会捕鼠，我就不再养猫，虽然它也许是个神猫。

我不大爱说自己，这多少近乎"吹"。人是不容易看清楚自己的。不过，刚过完了年，心中还慌着，叫我写"人生于世"，实在写不出，所以就近的拿自己当材料。万一将来我不得已而作了皇上呢，这篇东西也许成为史料，等着瞧吧。

等暑

青岛并非不暑，而是暑得比别处迟些。这么一句平常话，也需要一年的经验才敢说。秋天很暖——我是去年秋天来的——正因为夏未全去；以此类推，方能明白此地春之所以迟迟，六七月间之所以不热，哼，和八月间之所以大热起来。仿佛别人早已这样告诉过我："仿佛"就有点记不真切的意思，"不相信"是其原因。青岛还会热？问号打得很清楚。赶到今年八月，才理会过来，可是马上归功于自己的经验，别人说过与否终于打入"仿佛"之下。以此为证，人鲜有不好吹者！

来避暑的人总是六七月来而八月走去，这时间的选取实在就够避暑的资格；于此，我更愿发财，有钱的人不必用整年的工夫去发现七月凉八月热，他们总是聪明的。高粱一熟，螃蟹下市，别处的蝉声已带哀意；仍然住在青岛，似乎专为等着"秋老虎"，其愚或可及，其穷定不可及。有钱的能征服自然，没钱的蛤蟆垫桌腿而已。

可是等暑之流也有得意之处：八月中若来个远地朋友，箱中带着毛衣，手不持扇，刚一下车便满身是汗，抢过我的扇子，连呼"这里也这么热！"我乃似笑非笑，徐道经验，有如圣人，乐得心中发痒。

　　若是这位可怜的朋友叨唠上没完，不怨自己缺乏经验，而充分的看不起青岛，我可必得为青岛辩护，把六七月间的光景如诗一般的述说，仿佛青岛是我家里的。心理的变化与矛盾有如是者，此我之所以每每看不起自己者也。

避暑

英美的小资产阶级，到夏天若不避暑，是件很丢人的事。于是，避暑差不多成为离家几天的意思，暑避了与否倒不在话下。城里的人到海边去，乡下人上城里来；城里若是热，乡下人干吗来？若是不热，城里的人为何不老老实实的在家里歇着？这就难说了。再看海边吧，各样杂耍，似赶集开庙一般，男女老幼，闹闹吵吵，比在家中还累得慌。原来暑本无须避，而面子不能不圆上；夏天总得走这么几日，要不然便受不了亲友的盘问。谁也知道，海边的小旅馆每每一间小屋睡大小五口；这只好尽在不言中。

手中更富裕的，讲究到外国来。这更少与避暑有关。巴黎夏天比伦敦热得多，而巴黎走走究竟体面不小。花几个钱，长些见识，受点热也还值得。可是咱们这儿所说的人们，在未走以前已经决定好自己的文化比别国高，而回来之后只为增高在亲友中的身份——"刚由巴黎回来；那群法国人！"

到中国做事的西人，自然更不能忘了这一套。在北戴河，有三家凑赁一所小房的，住上二天，大家的享受正如圈里的羊。自然也有很阔气的，真是去避暑；可是这样的人大概在哪里也不见得感到热，有钱呀。有钱能使鬼推磨，难道不能使鬼做冰激凌吗？这总而言之，都有点装着玩。外国人装蒜，中国人要是不学，便算不了摩登。于是自从皇上被免职以后，中国人也讲究避暑。北平的西山，青岛，和其他的地方，都和洋钱有同样的响声。还有特意到天津或上海玩玩的，也归在避暑项下；谁受罪谁知道。

暑，从哲学上讲，是不应当避的。人要把暑都避了，老天爷还要暑干吗？农人要都去避暑，粮食可还有的吃？再退一步讲，手里有钱，暑不可不避，因为它暑。这自然可以讲得通，不过为避暑而急得四脖子汗流，便大可以不必。到避暑期间而闹得人仰马翻，便根本不如在家里和谁打上一架。

所以我的避暑法便很简单——家里蹲。第一不去坐火车；为避暑而先坐二十四小时的特别热车，以便到目的地去治上吐下泻，我就不那么傻。第二不扶老携幼去张心：比如上山，带着四个小孩，说不定会有三个半滚了坡的。山上的空气确是清新，可是下得山来，孩子都成了瘸子，也与教育宗旨不甚相合。即使没有摔坏，反正还不吓一身汗？这身汗哪里出不了，单上山去出？第三不用搬家。你说，一家大小都去避暑，得带多少东西？即使出发的时候力求简单，到了地方可就明白过来，啊，没有给小二带乳瓶来！买去吧，哼，该买的东西多了！三叔的固元膏忘下了，此处没有卖的，而不贴则三叔就泻肚；得发快信托朋友给寄！及至东西都慢慢买全，也该回家了，往回运吧，有什么可说的！

一个人去自然简单些，可是你留神吧，你的暑气还没落下去，家里的电报到了——急速回家！赶回来吧，原来没事，只是尊夫人不放心你！本来吗，一个人在海岸上溜，尊夫人能放心吗？她又不是没看过美人鱼的照片。

大家去，独自去，都不好；最好是不去。一动不如一静，心静自然凉。况且一切应用的东西都在手底下：凉席，竹枕，蒲扇，烟卷，万应锭，小二的乳瓶……要什么伸手即得，这就是个乐子。渴了有绿豆汤，饿了有烧饼，闷了念书或作两句诗。早早的起来，晚晚的睡，到了晌午再补上一大觉；光脚没人管，赤背也不违警章，喝几口随便，喝两盅也行。有风便荫凉下坐着，没风则勤扇着，暑也可以避了。

这种避暑有两点不舒服：（一）没把钱花了；（二）怕人问你。都有办法：买点暑药送苦人，或是赈灾，即使不是有心积德，到底钱是不必非花在青岛不可的。至于怕有人问，你可以不见客，等秋来的时候，他们问你，很可以这样说："老没见，上莫干山住了三个多月。"如能把孩子们嘱咐好了，或者不至漏了底。

暑避

　　有福之人，散处四方，夏日炎热，聚于青岛，是谓避暑。无福之人，蛰居一隅，寒暑不侵，死不动窝；幸在青岛，暑气欠猛，随着享福，是谓暑避。前者是师出有名，堂堂正正，好不威风；后者是歪打正着，马马虎虎，穷混而已。可是，有福之人到底命大，无福之人泄气到底：有福者避暑，而暑避矣；无福者暑避，而罪来矣。就拿在下而言，作事于青岛，暑气天然不来，是亦暑避者流也。可是，海岸走走，遇上二三老友，多年不见，理当请吃小馆。避暑者得吃得喝，暑避者几乎破产；面子事儿，朋友的交情，死而不怨，毛病在天。吃小馆而外，更当伴游湛山崂山等处，汽车呜呜，洋钱铮铮，口袋无底，望洋兴叹。逝者如斯夫，洋钱一去不复返。炮台已看过十八次，明天又是"早八点见，看看德国的炮台，没错儿！"为德国吹牛，仿佛是精神胜利。

　　海岸不敢再去，闭门家中坐，连苍蝇也进不来，岂但避暑，兼作蛰宿。哼，快信来矣，"祈到站……"继以电报，"代定旅舍……"于是拿起腿来，而车站，而码头，而旅馆，而中国旅行社……昼夜奔忙，慷慨激昂，暑避者大汗满头，或者是五行多水。

这还是好的，更有三更半夜，敲门如雷；起来一看，大小三军，来了一旅，俱是知己哥儿们，携老扶幼，怀抱的娃娃足够一桌，行李五十余件。于是天翻地覆，楼梯底下支架木床，书架上横睡娃娃，凉台上搭帐棚，一直闹到天亮，大家都夸青岛真凉快。

再加上四届"铁展"，乃更伤心。不去吧，似嫌怯懦；去吧，还能不带着皮夹？牙关咬定，仁者有勇，直奔"铁展"，售品所处有"吸钞石"，票子自己会飞。饱载而归，到家细看，一样儿必需的没有，开始悲观。

由此看来，暑避之流顶好投海，好在还方便。

暑中杂谈二则

一　檐滴

冰雹，狂风，炮火，自然是可怕的。不过，有些东西原不足畏，却也会欺侮人，比如檐滴。大雨的时候，檐溜急流，我们自会躲在屋内，不受它们的浇灌。赶到雨已停止，特别是天上出了虹彩的时候，总要到院中看看。你出去吧，刚把脚放在阶上，不偏不斜，一个檐滴准敲在你的头顶上。正在发旋那块，因为那儿露着的头皮多一些。贾波林在影戏里才用酒瓶打人那块，檐滴也会这一招，而且不必是在影戏里。设若你把脖伸长了些，檐滴就更得手：你要是瘦子，它准落在脖子正中那个骨头上，溅起无数的水星；你要是胖子，它必会滴在那个肉褶上，而后往左右流，成一道小河，擦都费事。这自然不疼不痒，可是叫人别扭。它欺侮人。你以为雨已过去好久，可以平安无事了，哼，偏有那么一滴等着你呢！晚出来一步，或早出来一步，都可以没事；它使你相信了命运，活该挨这一下敲，挨完了敲，还是没地方诉冤。你不能骂房檐一顿；也不能打那滴水，它是在你的脖子上。你没办法。

二 留声机

北方一年只有几天连阴，好像个节令似的过着。院中或院外有了不易得的积水，小孩，甚至于大人，都要去蹚一蹚；摔在泥塘里也是有的。门外卖果子的特别的要大价，街上的洋车很少而奇贵，连医院里也冷冷清清的，下大雨病也得休息。家里须过阴天，什么老太太斗个纸牌，什么大姑娘用凤仙花泥染染指甲，什么小胖小子要煮些毛豆角儿。这都很有趣。可也有时候不尽这样和平，"阴天打孩子，闲着也是闲着"，就是雨战的一种。讲到摩登的事儿，留声机是阴天的骄子，既是没事可作，《小放牛》唱一百遍也不算多；唱片又不是蘑菇，下阵雨就往外长新的，只好翻过来掉过去的唱那所有的几片。这是种享受，也是种惩罚——《小放牛》唱到一百遍也能使人想起上吊，不是吗？

二姐借来个留声机，只有五张戏片。头一天还怪好，一家大小都哼唧着，很有个礼乐之邦的情调。第二天就有咧嘴的了，"换个样儿行不行？"可是也还没有打起来，要不怎说音乐足以陶养性情呢。第三天——雨更大了——时局可不妙，有起誓的了。但留声机依日的转着，有的人想把歌儿背过来，一张连唱二三十次，并且是把耳朵放在机旁，唯恐走了一点音。起誓的和学歌的就不能不打起来了。据近邻王老太太看呢，打起来也比再唱强，到底是换换样儿呀。

一起打，差点把留声机碰掉下来，虽然没碰掉，也不怎么把那个"节音机"给碰动了，针儿碰到"慢"那边去。我也不晓得这个小针叫什么，反正就是那个使唱片加快或减速度的玩艺，大概你比我明白。我家里对于摩登事儿太落伍。我还算是晓得这个针儿——不管它姓什么吧——的作用。二姐连这个都不知道。第四天，雨大邪了，一阵一个海，干什么去呢？还得唱。机器转开了，声音像憋住气的牛，不唱，慢慢的啊啊；片子不转，晃悠。上了一片，啊啊了有半点多钟，大家都落了泪。二姐不叫再唱了："别唱了，等晴天再说吧。阴天返潮，连话匣子都皮了[1]！"于是留声机暂行休息。

我没那个工夫告诉他们拨拨那个针，不愿意再打架。

---

[1]　皮了：指物体受潮软化。

歇夏（也可以叫作"放青"）

马国亮先生在这个月里（六月）给我两封信。"文人相重"，我必须说他的信实在写的好：文好，字好，信纸也好，可是，这是附带的话；正文是这么回事：第一封信，他问我的小说写得怎样了？说起来话长，我在去年春天就向赵家璧先生透了个口话，说我要写一部长篇小说，内中的主角儿是两位镖客，行侠作义，替天行道，十八般武艺件件精通，可是到末了都死在手枪之下。我的意思是说时代变了，单刀赴会，杀人放火，手持板斧把梁山上，都已不时兴；二大刀必须让给手枪，而飞机轰炸城池，炮舰封锁海口，才够得上摩登味儿。这篇小说，假如能写成了的话，一方面是说武侠与大刀早该一齐埋在坟里，另一方面是说代替武侠与大刀的诸般玩艺不过是加大的杀人放火，所谓鸟枪换炮者是也，只显出人类的愚蠢。

春天过去，接着就是夏天，我到上海走了一遭，见着了赵先生。他很愿意把这本东西放在《良友丛书》里。由上海回来，我就开始写，在去年寒假中，写成了五六千字。这五六千字中没有几个体面的，开学以后没工夫续着写，就把它放在一边。大概是今年春天吧，我在一本刊物上看到一个短篇小说，所写的事儿与我想到的很相近。大家往往思想到同样的事，这本不出奇，可是我不愿再写了。一来是那写成的几千字根本不好，二来是别人写过的，虽然还可以再写，可是究竟差着点劲儿，三来是我想在夏天休息休息。

马先生所问的小说，便是指此而言。我写去回信，说今夏休息，打退堂鼓。过了几天，他的第二封信来到，还是文好，字好，信纸也好；还是"文人相重"。这封信里，他允许，并且夸奖我应当休息，可是在休息之前必须给良友写一个短篇。

短篇？也不能写！说起来话就又长了。在春间我还答应下给别的朋友写些故事呢——这都得在暑假里写，因为平日找不到"整"工夫。既然决定休息，那么不写就都不写，不能有偏向。况且我不愿，也不应当，向自己失信，怎么说呢，这才到了我的正题。请往下看：

我最爱写作，一半是为挣钱，一半因为有瘾。我乃性急之人，办事与洗澡具同一风格，西里哗拉一大回，永不慢腾腾的，对于作文，也讲快当；但作文到底不是洗澡，虽然回回满头大汗，可是不见得能回回写得痛快淋漓。只有在这种时候，就是写完一篇或一段而觉得不满意的时候，我才有耐心，修改，或甚至从头另写。此耐心是出于有瘾。

大概有八年了吧，暑假没休息过，一年之中，只有暑假是写东西的好时候，可以一气写下十几万字。暑天自然是很热了，我不怕；天热，我的心更热，老天爷也得被我战败，因为我有瘾呀。

自幼儿我的身体就很弱，这个瘾自然不会使身体强壮起来。胃病，肺病，头疼，肚疼，什么病都闹过。单就肺病来说，我曾患到第七八期。过犹不及，没吃药，没休息它自己好了。胃病也很厉害，据一位不要我的诊金的医生说，我的胃已掉下一大块去。我慌了！要是老这么往下坠，说不定有朝一日胃会由腹中掉出去的，非吃药不可了。而药也真灵，喝了一瓶，胃居然又回到原来的位置，像气球往上升似的，我觉得。

虽然闹过这些病，我可是没死过一回。这个，又不能不说是"写瘾"的好处了。写作使我胃弱，心跳，头疼；同时也使我小心。该睡就去睡，该运动就去运动；吃喝起卧差不多都有规律。于是虽病而不至于死；就是不幸而死，也是卫生的。真的，为满足这个瘾，我一点也不敢大意，决不敢去瞎胡闹，虽然不是不想去瞎胡闹。因此，身体虽弱，可是心中有个老底儿——我的八字儿好，不至于短命。我维持住了生活的平衡：弱而不至作不了事，病而不至出大危险，如薄云掩月，不明亦不极暗。就是在这种境界中，八年来在作事之外还写了不少的东西！好也罢，歹也罢，总算过了瘾。

近来我吃饭很香，走路很有劲，睡得也很实在；可是有一样，我写不上劲儿来。莫非八期肺病又回来了？不能吧：吃得香，睡得好，说话有力，怎能是肺病呢！大概是疲乏了；就是头驴吧，八年不歇着，不是也得出毛病吗？好吧，今年愣歇它一回，何必一定跟自己叫劲儿呢。长篇短篇一概不写，如骆驼到口外"放青"，等秋后膘肥肉满再干活儿。况且呢，今年是住在青岛，不休息一番也对不起那青山绿水。就此马上休息去者！

马先生和我要短篇，不能写，这回不能再向自己失信。说休息就去休息。

把这点经过随便的写在这里，马先生要是肯闭闭眼，把这个硬算作一篇小说，那便真感激不尽了，就手儿也对读者们说一声，假若几个月里见不到我的文字，那并非就是我已经死去，我是在养神呀。

代柬：

老舍先生：你的稿子不能当小说，虽然我闭了几次眼。可确是一篇很切题的消夏随笔，所以正好在这里发表。你说的长篇是赵先生向你要的，我要的却不是那个。那天晚上我陪你在新亚等朋友，我曾向你给"良友"定货——短篇小说。那时天气实在很热，大概你后来就把我那定单化汗飞了，所以现在忘得干干净净。现在你既然歇夏，只好暂时饶你过个舒服的夏天，好在你并非已经死去，到了秋凉，你可不能再抵赖，得把这张空头支票快快兑现。

编者

立秋后

去年来青岛，已是秋天。秋水秋山，红楼黄叶，自是另一番风味；虽未有见到夏日的热闹，可是秋夜听潮，或海岸独坐，亦足畅怀。

秋去冬来，野风横吹，湿冷入骨；日落以后，市上海滨俱少行人；未免觉得寂苦。

春到甚迟，直到樱花开了，才能撤去火炉，户外活动渐渐增多，可是春假里除了崂山旅行，也还想不出更好的办法。

六七月之间才真看到青岛的光荣，尤其是初次看到，更觉得有点了不得。可是一两星期过去，又仿佛没有什么了：士女是为避暑而来，自然表现着许多洋习气，以言文化，乃在蔻丹指甲与新奇浴衣之间，所谓浪漫，亦不过买票跳舞，喝冷咖啡而已。闭户休息，寂寞不减于冬令，自叹命薄福浅！

有一件事是可喜的，即夏日有会友的机会。别已二年五载，忽然相值，相与话旧，真一乐事。再说呢，一向糊口四方，到处受友人的招待，今则反客为主，略尽地主之谊，也能更明白些交友的道理。况且此地是世外桃源，平日少见寡闻，于今各处朋友带来各处消息，心泉渐活，又回到人间，不复梦梦。

　　立秋以后，别处天气渐凉，此地反倒热起来；朋友们逐渐走去，车站码头送别，"明夏再来呀！"能不黯然销魂！

过年

时间最狠毒，它不宽让给任何人一秒钟，过去的一秒永远难赎回。人，于是就因丧失了时间而丧失了生命！假若有一日，时间能下一道赦令，说："可怜的人们，我将放你们几天假！在这几天内，时钟的报告，与日月的升沉，都不算数！你们可以自由的，任意的欢闹或酣睡，我把这几天不算在账上！"这有多么好呢！在这几天内，我们花用了时间，而时间并不给我们记账！这几天永不会成为过去，我们不必再提心吊胆的活着，眼睛不必再老溜着时钟与日影！

可是，时间永远不会下那样的赦令！昨天的朝阳永远属于昨天！昨天积得够了数，我们便没有了明天！当医生握着表给我诊脉的时候，我总以为他是默数我的死期！

特别是在新年的时候，虽然吉利话儿在耳边嗡嗡，而实际上我们又丢了一岁；在丢失的一岁里，我们曾经作过什么足以使记忆甜美的事呢？新年，这么一来，虽然也许就使我们把狂欢变作沉思，可是沉思并不是很坏的事。时间向我们算账，我们也须向自己算账！只有自己和自己算账，我们才算真会打算盘。我们没法向时间求情，它是铁面无私，对谁也不让一尺一寸的；我们须向时间争斗，教时间不偷偷的溜过去；我们无法教一分钟变成两分钟，但是我们的确能够把一分钟当作一分钟用；多作一分钟的事，我们便真的多活了一分钟；这是如意算盘！最大的后悔是让昨天白白的过去：我们又丢了二十四小时，而那二十四小时是一块空白！假若我们有许多块这样的空白，我们便没有了历史。历史不只是时间表，而也是生命活动的记录。

"等候"等于自杀，我们等着机会、灵感、事情，而时间不等着我们！多等一会儿，我们便死了一会儿。勇敢的人不等待，而要跑到时间的前面去。我们等着太平日子自天而降，我们便只能得到失望。

以一个中年人来说这些话，我相信没有人怀疑我是有意吓唬人。中年的下一步是老年；我不知道自己还能再活多少年月，但我的确知道自己已经丢失了多少时间；我不能说自己的过去是块空白，因为我写上过一些书；可是我也绝对不能否认，我曾在无益处的小事上白白的掷去了光阴，教我没有能够写出更多的东西来。我后悔？一定！但是，后悔只是一种可怜相的自慰自谅，假若没有更积极的决定陪伴着，我想：我须至少不因过去的努力而自满，把自己埋葬在回忆里；我须把今天看作今天，而不是昨日的附属品，今天的劳动是我的光荣；口上显摆自己昨日的成绩是耻辱。况且，昨日的成绩未必好，自满便是自弃。只有今天的努力，才足以增加光荣，假若昨天的成绩已经不坏；只有今天的努力，才足以雪刷昨天的耻辱，假若昨日的成绩欠佳。

让我们都把自己钉在时间的十字架上吧！我们都必须死，但愿我们的死是未曾放弃了一分钟的牺牲，而不是任着时间由一个空白中把我们推送到另一个空白中去！

新年又来到！我可是真不愿说那些骗人的吉利话儿！反之，我倒愿意咱们都沉思一会儿，想想在过去的一年中都作了些什么，和作得好不好？假若我们能在过年的时候责备自己一顿，或者倒比理直气壮的接受吉利话儿要更有益处罢！我们若不肯责备自己，时间却会给我们最厉害的惩责，它会教我们白白的死去！我们看不起时间，时间就会更看不起我们！

春联

　　欢度春节，要贴春联。大红的纸，黑亮的字，分贴门旁，的确增加喜气。写的又都是赞美春天或鼓舞士气的话语，更非全无意义。这个形式为汉语所独有，一个字对一个字，不能此长彼短；两腿一样长，站得稳稳当当，看起来颇觉舒服。因此，编写春联也是练习文字运用之一道，起码要左右平衡，不许一只靴子一只鞋。

　　如此说来，练习一番便了。

　　第一联是说今年春节在月份牌上的特点：旧除夕正赶上立春，双重喜气，理当祝贺。联曰：

　　　　除夕立春同日双节
　　　　随时进步一刻千金

　　对仗虽不甚工，可是相信道出了迎春的心情。是的，春天即来，应当人人奋勇，个个争先，争取今年的工作成绩确比去年的更强。

　　第二联是写给我的儿女的：

　　劳逸妥安排健康多福
　　油盐休浪费勤俭持家

　　我愿意看到他们都干劲冲天，可也希望他们会劳逸结合，注意健康，以免进攻很猛，而后力不佳。他们都不爱乱花钱，下联所言，希望巩固下来，把勤俭持家成为家庭传统。

　　赠北京人民艺术剧院一联：

　　人民要好戏
　　艺术登高峰

　　既有此联，就须也给青年艺术剧院写一副，两家都是我的好友啊。

　　破浪乘风前途无量
　　降龙伏虎干劲冲天

　　这一联未免过猛一些，而又不许下小注，怎么办呢？对了，以"轻松愉快"当横披，不就行了么？

　　赠诗人臧克家一联，已写好送去。其他各联，因没有时间研墨，无法写在红纸上。克家好学，为人豪爽，故曰：

　　学知不足

文如其人

最后，还得给自己写一联：

付出九牛二虎力

不作七拼八凑文

作文章最忌七拼八凑。欲免此弊，必须卖尽力气，不怕改了再改；实在无法再改，可是还不通畅，那就从头另写，甚至写好几回。我不能经常这样，有时候一忙，就勉强交卷，以后应当改正。

在我十来岁的时候，春节以前总去帮着塾师或大师哥在街上摆对子摊。我的任务是研墨和为他们拉着对子纸。他们都有一本对子本，里面分门别类，载有各样现成联语。他们照抄下来，分类存放。买春联的人只须说出要一副灶王对、一副大门对等等，他们便一一拿将出来，说好价钱，完成交易。因此，那时候的胡同里，往往邻近的好几家门外都贴着"天增岁月人增寿，春满乾坤福满门"。至于灶王龛上，更是一致地贴着"上天言好事，下界保平安"。自从北京解放，大家贴的春联，多数是新编的，不事抄袭。这也是个进步。附带说说，证明不要厚古薄今。

第五章

看生命，领略生命，解释生命，

你的作品才有生命。

文艺与木匠

一位木匠的态度，据我看，最好是：（一）要作个好木匠；（二）虽然自己已成为好木匠，可是绝不轻看皮匠，鞋匠，泥水匠，和一切的匠。

此态度适用于木匠，也适用于文艺写家。我想，一位写家既已成为写家，就该不管生活怎么苦，工作怎样繁重，还要继续努力，以期成为好的写家，更好的写家，最好的写家。同时，他须认清：一个写家既不能兼作木匠，瓦匠，他便该承认五行八作的地位与价值，不该把自己视为至高无上，而把别人踩在脚底下。

我有三个小孩。除非他们自己愿意，而且极肯努力，作文艺写家，我决不鼓励他们；因为我看他们作木匠，瓦匠，或作写家，是同样有意义的，没有高低贵贱之别。

假若我的一个小孩决定作木匠去，除了劝告他要成为一个好木匠之外，我大概不会絮絮叨叨的再多讲什么，因为我自己并不会木工，无须多说废话。

假若他决定去作文艺写家，我的话必然的要多了一些，因为我自己知道一点此中甘苦。

　　第一，我要问他：你有了什么准备？假若他回答不出，我便善意的，虽然未必正确的，向他建议：你先要把中文写通顺了。所谓通顺者，即字字妥当，句句清楚。假若你还不能作到通顺，请你先去练习文字吧，不要开口文艺，闭口文艺。文字写通顺了，你要"至少"学会一种外国语，给自己多添上一双眼睛。这样，中文能写通顺，外国书能念，你还须去生活。我看，你到三十岁左右再写东西，绝不算晚。

　　第二，我要问他：你是不是以为作家高贵，木匠卑贱，所以才舍木工而取文艺呢？假若你存着这个心思，我就要毫不客气的说：你的头脑还是科举时代的，根本要不得！况且，去学木工手艺，即使不能成为第一流的木匠，也还可以成为一个平常的木匠；即使不能有所创造，还能不失规矩的仿制；即使供献不多，也还不至于糟蹋东西。至于文艺呢，假若你弄不好的话，你便糟践不知多少纸笔，多少时间——你自己的，印刷人的，和读者的；罪莫大焉！你看我，已经写作了快二十年，可有什么成绩？我只感到愧悔，没有替人盖成过一间小屋，作成过一张茶几，而只是浪费了多少笔墨，谁也不曾得到我一点好处！高贵吗？啊，世上还有高贵的废物呢？

　　第三，我要问他：你是不是以为作写家比作别的更轻而易举呢？比如说，作木匠，须学好几年的徒，出师以后，即使技艺出众，也还不过是个默默无闻的匠人；治文艺呢，你可以用一首诗，一篇小说，而成名呢？我告诉你，你这是有意取巧，避重就轻。你要知道，你心中若没有什么东西，而轻巧的以一诗一文成了名，名适足以害了你！名使你狂傲，狂傲即近于自弃。名使你轻浮、虚伪。文艺不是轻而易举的东西，你若想借它的光得点虚名，它会极厉害的报复，使你不但挨不近它的身，而且会把你一脚踢倒在尘土上！得了虚名，而丢失了自己，最不上算！

第四，我要问他：你若干文艺，是不是要干一辈子呢？假若你只干一年半载，得点虚名便闪躲开，借着虚名去另谋高就，你便根本是骗子！我宁愿你死了，也不忍看你作骗子！你须认定：干文艺并不比作木匠高贵，可是比作木匠还更艰苦。在文艺里找黄金美人，你算是看错了地方！

第五，我要告诉他：你别以为我干这一行，所以你也必须来个"家传"。世上有用的事多得很，你有择取的自由。我并不轻看文艺，正如同我不轻看木匠。我可是也不过于重视文艺，因为只有文艺而没有木匠也成不了世界。我不后悔干了这些年的笔墨生涯，而只恨我没能成为好的写家。作官教书都可以辞职，我可不能向文艺递辞呈，因为除了写作，我不会干别的；已到中年，又极难另学会些别的。这是我的痛苦，我希望你别再来一回。不过，你一定非作写家不可呢，你便须按着前面的话去准备，我也不便绝对不同意，你有你的自由。你可得认真的去准备啊！

钢笔与粉笔

钢笔头已生了锈，因为粉笔老不离手。拿粉笔不是个好营生，自误误人是良心话，而良心扭不过薪水去。钢笔多么有意思：黑黑的管，尖尖的头，既没粉末，又不累手。想不起字来，沾沾墨水，或虚画几个小圈；如在灯下，笔影落纸上似一烛苗。想起来了，刷刷写下去，笔道圆，笔尖儿滑，得心应手，如蜻蜓点水，轻巧健丽。写成一气，心眼俱亮，急点上香烟一支，意思冉潮，笔尖再动，忙而没错儿，心在纸上，纸滑如油，乐胜于溜冰。就冲这点乐趣，好像为文艺而牺牲就值得，至少也对得起钢笔。

钢笔头下什么都有。要哭它便有泪，要乐它就会笑，要远远在天边，要美美如雪后的北平或春雨中的西湖。它一声不出，可是能代达一切的感情欲望，而且不慌不忙，刚完一件再办一件；笔尖老那么湿润润的，如美人的唇。

可是，我只能拿粉笔！特别是这半年，因这半年特别的忙。可以说是一个字没有写，这半年！毛病是在哪里呢？钢笔有一个缺点，一个很大的缺点。它——不——能——生——钱！我只能瞪着眼看它生锈，它既救不了我，我也救不了它。

它不单喝墨水，也喝脑汁与血。供给它血的得先造血，而血是钱变的。我喂不起它呀！粉笔比它强，我喂它，它也喂我。钢笔不能这个。虽然它是那么可爱与聪明。它的行市是三块钱一千字，得写得好，快，应时当令，而且不激烈，恰好立于革命与不革命之间，政治与三角恋爱之外，还得不马上等着钱用。它得知道怎样小心，得会没墨水也能写出字，而且写得高明伟大；它应会办的事太多了，它的报酬可只是三块钱一千字与比三块钱还多一些的臭骂。

　　钢笔是多么可爱的东西呢，同时又是多么受气的玩艺啊！因为钢笔是这样，那么写东西不写也就没什么关系了。任它生锈，我且拿粉笔找黑板去者！

梦想的文艺

我盼望总会有那么一天，我可以随便到世界任何地方去，而没有人偷偷的跟在我的背后，没有人盘问我到哪里去和干什么去，也没有人检查我的行李。那就是我的理想世界！在那个世界里，我爱写什么便写什么，正如同我爱到何处去便到何处那样。我相信，在那个世界里，文艺将是讲绝对的真理的，既不忌讳什么而吞吞吐吐，也不因遵守标语口号而把某一帮一行的片面，当作真理。那时候，我的笔下对真理负责，而不帮着张三或李四去辩论曲直是非——他们俩最好找律师去解决那些鸡毛蒜皮的事。

那时候，我若到了德国，便直言无隐的告诉德国人，他们招待客人还太拘形式，使我感到不舒服。（德国人在那时候当然已早忘了制造战争，而很忠诚的制造阿司匹灵。）他们听了并不生气，而赶快去研究怎样可以不拘形式而把客人招待得从心眼里觉得安逸。同样的，我可以在伦敦讽刺英国的士大夫：他们为什么那样注意戴礼帽，拿雨伞，而不设法去消灭或减少伦敦的黑雾。那些有幽默感的英国人笑着接受了我的暗示，于是国会决议：每天起飞五千架重轰炸机往下洒极细的砂子，把黑雾过滤成白雾，而伦敦市民就一律因此增寿十年。

我的笔将是温和的，微微含笑的，不发气的，写出聪明的合理的话。我不必粗脖子红脸的叫喊什么，那样是会使文字粗糙，失去美丽的。我不必顾虑我的话会引来棍棒与砖头，除非我是说了谎或乱骂了人。那时候的社会上求真的习尚，使写家必须像先知似的说出警告，那时候人们的审美力的提高，使作家必须唱出他的话语，像春莺似的美妙。

昨天我听见一个四十多岁的汉子，对一个十九岁的学生说：

"你要真理？我的话便是真理！听从我的话便是听从真理！我这个真理会教你有衣有食，有津贴好拿！在我的真理以外，你要想另找一个，你便会找到监狱，毒刑，死亡！想想看，你才十九岁，青春多么可爱呀！"

这几句话使我颤抖了好大半天。我不晓得那个十九岁的孩子后来怎样回答，我一声没出。我可是愿意说出我的愿望，尽管那个愿望是永不会实现的梦想！

别忙

近来看了不少青年朋友们写的小说。其中有很好的，也有很不好的。那些不好的，大概都犯了一个毛病，就是写得太慌忙。"世事多因忙里错"，作文章当然不是例外。文艺中的言语，须是言语的精华，必须想了再想，改了再改。有的人灵感一到，即能下笔万言，不再增减一字。这样人大概并不很多。而且，据我想，他之所以能下笔万言者，或者正因为他从前下过极大的工夫，一字一句，想了再想，改了再改，日久年长，工力到了家，他才可以不必多想多改，而下笔即有把握。灵感是虚无飘渺的东西，工夫才是真实可靠的；写文章不要太忙。

我看见这么一句："张着严肃的脸。"脸不是嘴，怎会张开？不错，脸上的肌肉是可以松开一点或缩紧一点的，但松紧不就是开闭。再说，严肃的脸必是板起来的，绝不会张开。

毛病就在没有想过！

文艺中的语言第一要亲切。大家都说"板起面孔"，我就也用"板起面孔"。假若我用了"木起面孔"，人家便不会懂：虽然是木者板也，但毕竟是多此一举。第二要生动，这就是说：把亲切的语言用得最合适。比如说吧，抗战胜利之后，我回家去看老母亲，一见她老人家，我必只能叫出一声"妈"，而眼泪随着落下来。"妈"字亲切，而又用在了合适的时候，就必然生动。假若我见了母亲，而高声的叫"我的慈爱的，多年未见的老母啊"，便不亲切，也不生动，因为母子相见绝不是多用修辞的时候……

要想，要想，想哪个字最亲切，想哪个字最好用在什么地点与时间！这么一想，你便不只思索字眼，而是要揣摩人情了！从人情中想出来的字，才是亲切的、生动的、有感情的字。不要慌忙，要慢慢的来。想了又想，改了再改！这是工夫，工夫胜于灵感。

"住"的梦

在北平与青岛住家的时候，我永远没想到过：将来我要住在什么地方去。在乐园里的人或者不会梦想另辟乐园吧。

在抗战中，在重庆与它的郊区住了六年。这六年的酷暑重雾，和房屋的不像房屋，使我会作梦了。我梦想着抗战胜利后我应去住的地方。

不管我的梦想能否成为事实，说出来总是好玩的：

春天，我将要住在杭州。二十年前，我到过杭州，只住了两天。那是旧历的二月初，在西湖上我看见了嫩柳与菜花，碧浪与翠竹。山上的光景如何？没有看到。三四月的莺花山水如何，也无从晓得。但是，由我看到的那点春光，已经可以断定杭州的春天必定会教人整天生活在诗与图画中的。所以，春天我的家应当是在杭州。

夏天，我想青城山应当算作最理想的地方。在那里，我虽然只住过十天，可是它的幽静已拴住了我的心灵。在我所看见过的山水中，只有这里没有使我失望。它并没有什么奇峰或巨瀑，也没有多少古寺与胜迹，可是，它的那一片绿色已足使我感到这是仙人所应住的地方了。到处都是绿，而且都是像嫩柳那么淡，竹叶那么亮，蕉叶那么润，目之所及，那片淡而光润的绿色都在轻轻的颤动，仿佛要流入空中与心中去似的。这个绿色会像音乐似的，涤清了心中的万虑，山中有水，有茶，还有酒。早晚，即使在暑天，也须穿起毛衣。我想，在这里住一夏天，必能写出一部十万到二十万的小说。

假若青城去不成，求其次者才提到青岛。我在青岛住过三年，很喜爱它。不过，春夏之交，它有雾，虽然不很热，可是相当的湿闷。再说，一到夏天，游人来的很多，失去了海滨上的清静。美而不静便至少失去一半的美。最使我看不惯的是那些喝醉的外国水兵与差不多是裸体的，而没有曲线美的妓女。秋天，游人都走开，这地方反倒更可爱些。

不过，秋天一定要住北平。天堂是什么样子，我不晓得，但是从我的生活经验去判断，北平之秋便是天堂。论天气，不冷不热。论吃食，苹果，梨，柿，枣，葡萄，都每样有若干种。至于北平特产的小白梨与大白海棠，恐怕就是乐园中的禁果吧，连亚当与夏娃见了，也必滴下口水来！果子而外，羊肉正肥，高粱红的螃蟹刚好下市，而良乡的栗子也香闻十里。论花草，菊花种类之多，花式之奇，可以甲天下。西山有红叶可见，北海可以划船——虽然荷花已残，荷叶可还有一片清香。衣食住行，在北平的秋天，是没有一项不使人满意的。即使没有余钱买菊吃蟹，一两毛钱还可以爆二两羊肉，弄一小壶佛手露啊！

冬天，我还没有打好主意，香港很暖和，适于我这贫血怕冷的人去住，但是"洋味"太重，我不高兴去。广州，我没有到过，无从判断。成都或者相当的合适，虽然并不怎样和暖，可是为了水仙，素心腊梅，各色的茶花，与红梅绿梅，仿佛就受一点寒冷，也颇值得去了。昆明的花也多，而且天气比成都好，可是旧书铺与精美而便宜的小吃食远不及成都的那么多，专看花而没有书读似乎也差点事。好吧，就暂时这么规定：冬天不住成都便住昆明吧。

在抗战中，我没能发了国难财。我想，抗战结束以后，我必能阔起来，唯一的原因是我是在这里说梦。既然阔起来，我就能在杭州，青城山，北平，成都，都盖起一所中式的小三合房，自己住三间，其余的留给友人们住。房后都有起码是二亩大的一个花园，种满了花草；住客有随便折花的，便毫不客气的赶出去。青岛与昆明也各建小房一所，作为候补住宅。各处的小宅，不管是什么材料盖成的，一律叫作"不会草堂"——在抗战中，开会开够了，所以永远"不会"。

那时候，飞机一定很方便，我想四季搬家也许不至于受多大苦处的。假若那时候飞机减价，一二百元就能买一架的话，我就自备一架，择黄道吉日慢慢的飞行。

在乡下

虽然刚住了几天，我已经感到乡间的确可喜。在这生活困难的时候，谁也恐怕不能不一开口就谈到钱；在乡间住，第一个好处是可以省下几文。头发长了，须跑出十里八里去理；脚稍微一懒，就许延迟一个星期；头发长了些，可是袋儿里也沉重了些。洗澡，更谈不到。到极热的时候，可以下河；天不够热的时候，皮肤外有一层可以搓卷着玩的泥，也显着暖和而有趣。这就又省了一笔支出。没有卖鲜果，糖食，和点心的；这不但可以省了钱，而且自然的矫正了吃零食的坏习惯。衣服须自己洗，皮鞋须自己擦。路须自己走——没有洋车。就是有，也不能在田埂儿上走。

除了省钱，还另有好多的精神胜利：平剧、川剧全听不到了，但是可以自己唱。在大黄角树下，随意喊吧，除了多管闲事的狗向你叫几声而外，不会有人来叫"倒好"的。话剧更看不到，可是自己可以写两本呀，有的是工夫！

书是不易得到的，但是偶然找来一本，绝不会像在城里时那样掀一掀就了事。在乡下，心里用不着惦记与朋友们定的约会，眼睛用不着时时的看表，于是，拿到一本书的时节，就可以愿意怎么读便怎么读；愿意把这几行读两遍，便读两遍；三遍就三遍；看那一行不大顺眼，便可以跟它辩论一番！这样，书仿佛就与人成了可以谈心的朋友，而不是书架上的摆设了。

　　院中有犬吠声，鸡鸭叫声，孩子哭声；院外有蛙声、鸟声、叱牛声，农人相呼声。但这些声音并不教你心中慌乱。到了夜间，便什么声音也没有；即使蛙还在唱，可是它们会把你唱入梦境里去。这几天，杜鹃特别的多，直到深夜还不住的啼唤；老想问问它们，三更半夜的唤些什么？这不是厌烦，而是有点相怜之意。

　　正在插秧的时候下了大雨，每个农人都面带喜色，水牛忙极了，却一点不慌，还是那么慢条斯理的，像有成竹在胸的样子。

　　晚上，油灯欠亮，蚊虫甚多；所以早早的就躲到帐子里去。早睡，所以就也早起。睡得定，睡得好，脸上就增加了一点肉——很不放心，说不一定还会变成胖子呢！

四位先生

吴组缃先生的猪

从青木关到歌乐山一带等处，在我所认识的文友中要算吴组缃先生为最阔绰。他养着一口小花猪。据说，这小动物的身价，值六百元！

每次我去访组缃先生，必附带的向小花猪致敬，因为我与组缃先生核计过了：假若他与我共同登广告卖身，大概也不会有人出六百元来买！

有一天，我又到吴宅去。给小江——组缃先生的少爷——买了几个比醋还酸的桃子。拿着点东西，好搭讪着骗顿饭吃，否则就不太好意思了。一进门，我看见吴太太的脸比晚日还红。我心里一想，便想到了小花猪。假若小花猪丢了，或是出了别的毛病，组缃先生的阔绰便马上不存在了！一打听，果然是为了小花猪：它已绝食一天了。我很着急，急中生智，主张给它点奎宁吃，恐怕是打摆子。大家都不赞同我的主张。我又建议把它抱到床上盖上被子睡一觉，出点汗也许就好了；焉知道不是感冒呢？这年月的猪比人还娇贵呀！大家还是不赞成。后来，把猪医生请来了。我颇兴奋，要看看猪怎么吃药。猪医生把一些草药包在竹筒的大厚皮儿里，使小花猪横衔着，两头儿向后束在脖子上：这样，药味与药汁便慢慢走入里边去。把药包儿束好，小花猪的口中好像生了两个翅膀，倒并不难看。

虽然吴宅有此骚动，我还是在那里吃了午饭——自然稍微的有点不得劲儿！

过了两天，我又去看小花猪——这回是专程探病，绝不为看别人；我知道现在猪的价值有多大！小花猪的口中已无那个药包，而且也吃点东西了。大家都很高兴，我就又就棍打腿的骗了顿饭吃，并且提出声明：到冬天，得分给我几斤腊肉！组缃先生与太太没加任何考虑便答应了。吴太太说："几斤？十斤也行！想想看，那天它要是一病不起……"大家听罢，都出了冷汗！

马宗融先生的时间观念

马宗融先生的表大概是，我想是一个装饰品。无论约他开会，还是吃饭，他总迟到一个多钟头，他的表并不慢。

来重庆，他多半是住在白象街的作家书屋。有的说也罢，没的说也罢，他总要谈到夜里两三点钟。假若不是别人都困得不出一声了，他还想不起上床去。有人陪着他谈，他能一直坐到第二天夜里两点钟。表、月亮、太阳，都不能引起他注意到时间。

比如说吧，下午三点他须到观音岩去开会，到两点半他还毫无动静。"宗融兄，不是三点，有会吗？该走了吧？"有人这样提醒他。他马上去戴上帽子，提起那有茶碗口粗的木棒，向外走。"七点吃饭。早回来呀！"大家告诉他。他回答声"一定回来"，便匆匆地走出去。

到三点的时候，你若出去，你会看见马宗融先生在门口与一位老太婆，或是两个小学生，谈话儿呢！即使不是这样，他在五点以前也不会走到观音岩。路上每遇到一位熟人，便要谈，至少，十分钟的话。若遇上打架吵嘴的，他得过去解劝，还许把别人劝开，而他与另一位劝架的打起来！遇上某处起火，他得帮着去救。有人追赶扒手，他必然的加入，非捉到不可。看见某种新东西，他得过去问问价钱，不管买与不买。看到戏报子，马上他去借电话，问还有票没有……这样，他从白象街到观音岩，可以走一天，幸而他记得开会那件事，所以只走两三个钟头！到了开会的地方，即使大家已经散了会，他也得坐两点钟。他跟谁都谈得来，都谈得很有趣，很亲切，很细腻。有人随便哼了一句二黄，他立刻请教给他；有人刚买一条绳子，他马上拿过来练习跳绳——五十岁了啊！

七点，他想起来回白象街吃饭，归路上，又照样的劝架，救火，追贼，问物价，打电话……至早，他在八点半左右走到目的地。满头大汗，三步当作两步走的，他走了进来。饭早已开过了。

所以，我们与友人定约会的时候，若说随便什么时间，早晨也好，晚上也好，反正我一天不出门，你哪时来也可以，我们便说"马宗融的时间吧"！

姚蓬子先生的砚台

作家书屋是个神秘的地方，不信你交到那里一份文稿，而三五日后再亲自去索回，你就必定不说我扯谎了。

进到书屋，十之八九你找不到书屋的主人——姚蓬子先生。他不定在哪里藏着呢。他的被褥是稿子，他的枕头是稿子，他的桌上、椅上、窗台上……全是稿子。简单的说吧，他被稿子埋起来了。当你要稿子的时候，你可以看见一个奇迹。假如说尊稿是十张纸写的吧，书屋主人会由枕头底下翻出两张，由裤袋里掏出三张，书架里找出两张，窗子上揭下一张，还欠两张。你别忙，他会由老鼠洞里拉出那两张，一点也不少！

单说蓬子先生的那块砚台，也足够惊人了！那是块是无可形容的石砚。不圆不方，有许多角儿，而没有任何角度。有一点沿儿，豁口甚多，底子最奇，四周翘起，中间的一点凸出，如元宝之背，它会像陀螺似的在桌上乱转，还会一头高一头低地倾斜，如浪中之船。我老以为孙悟空就是由这块石头跳出去的！

到磨墨的时候，它会由桌子这一端滚到那一端，而且响如快跑的马车。我每晚十时必就寝，而对门儿书屋的主人要办事办到天亮。从十时到天亮，他至少研十次墨，一次比一次响——到夜最静的时候，大概连南岸都感到一点震动。从我到白象街起，我没做过一个好梦，刚一入梦，砚台来了一阵雷雨，梦为之断。在夏天，砚一响，我就起来拿臭虫。冬天可就不好办，只好咳嗽几声，使之闻之。

现在，我已交给作家书屋一本书，等得到出版，我必定破费几十元，送给书屋主人一块平底的，不出声的砚台！

何容先生的戒烟

首先要声明：这里所说的烟是香烟，不是鸦片。

从武汉到重庆，我老同何容先生在一间屋子里，一直到前年八月间。在武汉的时候，我们都吸"大前门"或"使馆"牌；小大"英"似乎都不够味儿。到了重庆，小大"英"似乎变了质，越来越"够"味儿了，"前门"与"使馆"倒仿佛没了什么意思。慢慢的，"刀"牌与"哈德门"又变成我们的朋友，而与小大"英"，不管是谁的主动吧，好像冷淡得日甚一日。不久，"刀"牌与"哈德门"又与我们发生了意见，差不多要绝交的样子。何容先生就决心戒烟！

在他戒烟之前，我已声明过："先上吊，后戒烟！"本来吗，"弃妇抛雏"的流亡在外，吃不敢进大三元，喝么也不过是清一色（黄酒贵，只好吃点白干），女友不敢去交，男友一律是穷光蛋，住是二人一室，睡是臭虫满床，再不吸两枝香烟，还活着干吗呢？可是，一看何容先生戒烟，我到底受了感动，既觉自己无勇，又钦佩他的伟大；所以，他在屋里，我几乎不敢动手取烟，以免动摇他的坚决！

何容先生那天睡了十六个钟头，一枝烟没吸！醒来，已是黄昏，他便独自走出去。我没敢陪他出去，怕不留神递给他一枝烟，破了戒！掌灯之后，他回来了，满面红光，含着笑的，从口袋中掏出一包土产卷烟来。"你尝尝这个，"他客气地让我，"才一个铜板一枝！有这个，似乎就不必戒烟了！没有必要！"把烟接过来，我没敢说什么，怕伤了他的尊严。面对面的，把烟燃上，我俩细细地欣赏。头一口就惊人，冒的是黄烟，我以为他误把爆竹买来了！听了一会儿，还好，并没有爆炸，就放胆继续地吸。吸了不到四五口，我看见蚊子都争着向外边飞，我很高兴。既吸烟，又驱蚊，太可贵了！再吸几口之后，墙上又发现了臭虫，大概也要搬家，我更高兴了！吸到了半枝，何容先生与我也跑出去了！他低声地说："看样子，还得戒烟！"

何容先生二次戒烟，有半天之久。当天的下午，他买来了烟斗与烟叶。"几毛钱的烟叶，够吃三四天的，何必一定戒烟呢！"他说。吸了几天的烟斗，他发现了：（一）不便携带；（二）不用力，抽不到；用力，烟油射在舌头上；（三）费洋火；（四）须天天收拾，麻烦！有此四弊，他就戒烟斗，而又吸上香烟了。"始作卷烟者，其无后乎！"他说。

最近二年，何容先生不知戒了多少次烟了，而指头上始终是黄的。

割盲肠记

六月初来北碚，和赵清阁先生合写剧本——《桃李春风》。剧本草成，"热气团"就来了，本想回渝，因怕遇暑而止。过午，室中热至百另三四度，乃早五时起床，抓凉儿写小说。原拟写个中篇，约四万字。可是，越写越长，至九月中已得八万余字。秋老虎虽然还很利害，可是早晚到底有些凉意，遂决定在双十节前后赶出全篇，以便在十月中旬回渝。

有什么样的环境，才有什么样的神经过敏。因为巴蜀"摆子"猖狂，所以我才身上一冷，便马上吃奎宁。同样的，朋友们有许多患盲肠炎的，所以我也就老觉得难免一刀之苦。在九月末旬，我的右胯与肚脐之间的那块地方，开始有点发硬；用手摸，那里有一条小肉岗儿。"坏了！"我自己放了警报："盲肠炎！"赶紧告诉了朋友们，即便是谎报，多骗取他们一点同情也怪有意思！

朋友们的回答几乎是一致的——神经过敏！我申说部位是对的，并且量给他们看，怎奈他们还不信。我只好以自己的医学知识丰富自慰，别无办法。

过了两天，肚中的硬结依然存在。并且作了个割盲肠的梦！把梦形容给萧伯青兄。他说：恐怕是下意识的警告！第二天夜里，一夜没睡好，硬的地方开始一窝一窝的疼，就好像猛一直腰，把肠子或别处扯动了那样。一定是盲肠炎了！我静候着发烧，呕吐，和上断头台！可是，使我很失望，我并没有发烧，也没有呕吐！到底是怎回事呢？

十月四日，我去找赵清阁先生。她得过此病，一定能确切的指示我。她说，顶好去看看医生。她领我上了江苏医学院的附设医院。很巧，外科刘主任（玄三）正在院里。他马上给我检查。

"是！"刘主任说。

"暂时还不要紧吧？"我问。我想写完了小说和预支了一些稿费的剧本，再来受一刀之苦。

"不忙！慢性的！"刘主任真诚而和蔼的说。他永远真诚，所以绰号人称刘好人。

我高兴了。并非为可以缓期受刑，而是为可以先写完小说与剧本；文艺第一，盲肠次之！

可是，当我告辞的时候，刘主任把我叫住："看看白血球吧！"

一位穿白褂子的青年给我刺了"耳朵眼"。验血。结果！一万好几百！刘主任吸了口气："马上割吧！"我的胸中恶心了一阵，头上出了凉汗。我不怕开刀，可是小说与剧本都急待写成啊！特别是那个剧本，我已预支了三千元的稿费！同时，在顷刻之间，我又想到：白血球既然很多，想必不妙，为何等着受发烧呕吐等等苦楚来到再受一刀之苦呢？一天不割，便带着一天的心病，何不从早解决呢？

"几时割？"我问。心中很闹得慌，像要吐的样子。

"今天下午！"

随着刘主任，我去交了费，定了房间。

没有吃午饭。托青兄给买了一双新布鞋，因为旧的一双的底子已经有很大的窟窿。心里说：穿新鞋子入医院，也许更能振作一些。

下午一时。自己提着布袋，去找赵先生。二时，她送我入院——她和大夫护士们都熟识。

房间很窄，颇像个棺材。可是，我的心中倒很平静，顺口答音的和大家说笑，护士们来给我打针，敷消毒药，腰间围了宽布。诸事齐备，我轻轻的走入手术室，穿着新鞋。

屈着身。吴医生给我的脊梁上打了麻醉针。不很疼。护士长是德州的护士学校毕业的。她还认识我：在她毕业的时候，我正在德州讲演。这已是十年前的事了。她低声的说："舒先生，不怕啊！"我没有怕，我信任西医；况且割盲肠是个小手术。朋友们——老向，萧伯青，萧亦五，清阁，李佩珍……——都在窗外"偷"看呢，我更得挣扎着点！

下部全麻了。刘主任进来。吱——腹上还微微觉到疼。"疼啊！"我报告了一声。"不要紧！"刘主任回答。腹里捣开了乱，我猜想：刘主任的手大概是伸进去了。我不再出声。心中什么也不想。我以为这样老实的受刑，盲肠必会因受感动而也许自动的跳出来。

不过，盲肠到底是"盲肠"，不受感动！麻醉的劲儿朝上走，好像用手推着我的胃；胃部烧得非常的难过，使我再也不能忍耐。吐了两口。"胃里烧得难过呀！"我喊出来。"忍着点！马上就完！"刘主任说。我又忍着，我听得见刘主任的声音："擦汗！""小肠！""放进去！""拿钩子！""摘眼镜！"……我心里说："坏了！找不到！"我问了："找到没有？"刘主任低切的回答："马上找到！不要出声！"

窗外的朋友们比我还着急："坏了！莫非盲肠已经烂掉？"

我机械的，一会儿一问："找到没有？"而得到的回答只是："莫出声！"

苦了刘主任与助手们，室内没有电灯。两位先生立在小凳上，打着电棒。夹伤口的先生们，正如打电棒的始终不能休息片刻。整整一个钟头！

一个钟头了，盲肠还未露面！

我的鼻子上来了点怪味。大概是吴医生的声音："数一二三四！"我数了好几个一二三四，声音相当的响亮。末了，口中一噎，就像刮大风在城门洞中喝了一大口风似的我睡过去，生命成了空白。

睁开眼，我恍惚的记得梁实秋先生和伯青兄在屋中呢。其实屋中有好几位朋友，可是我似乎没有看见他们。在这以前，据朋友们告诉我，我已经出过声音，我自己一点也不记得。我的第一声是高声的喊王抗——老向的小男孩。也许是在似醒非醒之中，我看见王抗翻动我的纸笔吧，所以我大声的呼叱他；我完全记不得了。第二次出声是说了一串中学时的同学的外号：老向，范烧饼，闪电手，电话西局……弄得大家都莫名其妙。生命在这时候是一片云雾，在记忆中飘来飘去，偶然的露出一两个星星。

再睁眼，我看见刘主任坐在床沿上。我记得问他："找到没有？割了吗？"这两个问题，在好几个钟头以内始终在我的口中，因为我只记得全身麻醉以前的事。

我忘了我是在病房里，我以为我是在伯青的屋中呢。我问他："为什么我躺在这儿呢？这里多么窄小啊！"经他解释一番，我才想起我是入了医院。生命中有一段空白，也怪有趣！

一会儿，我清醒；一会儿又昏迷过去。生命像春潮似的一进一退。清醒了，我就问：找到了吗？割去了吗？

口中的味道像刚喝过一加仑汽油，出气的时候，心中舒服；吸气的时候，觉得昏昏沉沉。生命好像悬在这一呼一吸之间。

胃里作烧，脊梁酸痛，右腿不能动，因打过了一瓶盐水。不好受。我急躁，想要跳起来。苦痛而外，又有一种渺茫之感，比苦痛还难受。不管是清醒，还是昏迷着，我老觉得身上丢失了一点东西。猛孤仃的，我用手去摸。像摸钱袋或要物在身边没有那样。摸不到什么，我于失望中想起：噢，我丢失的是一块病。可是，这并不能给我安慰，好像即使是病也不该遗失；生命是全的，丢掉一根毫毛也不行！这时候，自怜与自叹控制住我自己，我觉得生命上有了伤痕，有了亏损！已经一天没吃东西；现在，连开水也不准喝一口——怕引起呕吐而震动伤口。我并不觉得怎样饥渴。胃中与脊梁上难过比饥渴更厉害，可是也还挣扎去忍受。真正恼人的倒是那点渺茫之感。我没想到死，也没盼祷赶快痊愈，我甚至于忘记了赶写小说那回事。我只是飘飘摇摇的感到不安！假若他们把割下的盲肠摆在我的面前，我也许就可以捉到一点什么而安心去睡觉。他们没有这样作。我呢，就把握不到任何实际的东西，而惶惑不安。我失去了自信，不知道自己是干什么呢！因此我烦躁，发脾气，苦了看守我的朋友！

老向，璧如，伯青，齐致贤，席征膺诸兄轮流守夜；李佩珍小姐和萧亦五兄白天亦陪伴。我不知道怎样感激他们才好！医院中的护士不够用，饭食很苦，所以非有人招呼我不可。

体温最高的时候只到三十八度，万幸！虽然如此，我的唇上的皮还干裂得脱落下来，眼底有块青点，很像四眼狗。

最难过的是最初的三天。时间，在苦痛里，是最忍心的；多慢哪！每一分钟都比一天还长！到第四天，一切都换了样子；我又回到真实的世界上来，不再悬挂在梦里。

本应当十天可以出院，可是住了十六天，缝伤口的线粗了一些，不能完全消化在皮肉里；没有成脓，但是汪儿黄水。刘主任把那节不愿永远跟随着我的线抽了出来，腹上张着个小嘴。直到这小嘴完全干结我才出院。

神经过敏也有它的好处。假若我不"听见风就是雨"，而不去检查，一旦爆发，我也许要受很大很大的苦处。我的盲肠部位不对。不知是何原因，它没在原处，而跑到脐的附近去，所以急得刘主任出了好几身大汗。假若等到它汇了脓再割，岂不很危险？我感谢医生们和朋友们，我似乎也觉得感谢自己的神经过敏！引为遗憾的也有二事：（一）赵清阁先生与我合写的《桃李春风》在渝上演，我未能去看。（二）家眷来渝，我也未能去迎接。我极想看到自己的妻与儿女，可是一度神经过敏教我永远不会粗心大意，我不敢冒险！

文牛

　　干哪一行的总抱怨哪一行不好。在这个年月能在银行里，大小有个事儿，总该满意了，可是我的在银行作事的朋友们，当和我闲谈起来，没有一个不觉得怪委屈的。真的，我几乎没有见过一个满意、夸赞他的职业的。我想，世界上也许有几位满意于他们的职业的人，而这几位人必定是英雄好汉。拿破仑、牛顿、爱因司坦、罗斯福，大概都不抱怨他们的行业"没意思"。虽然不自居拿破仑与牛顿，我自己可是一向满意我的职业。我的职业多么自由啊！我用不着天天按时候上课或上公事房，我不必等七天才到星期日；只要我愿意，我可连着有一个星期的星期日！

　　我的资本很小，纸笔墨砚而已。我的生活可以按照自己的意思安排，白天睡，夜里醒着也好，昼夜都不睡也可以；一日三餐也好，八餐也好！反正我是在我自己的屋里操作，别人也不能敲门进来，禁止我把脚放在桌子上。专凭这一点自由，我就不能不满意我的职业。况且，写得好吧歹吧，大致都能卖出去，喝粥不成问题，倒也逍遥自在；虽然因此而把妒忌我的先生们鼻子气歪，我也没法子代他们去搬正！

可是，在近几个月来，也不知怎么我也失去了自信，而时时不满意我的职业了。这是吉是凶，且不去管，我只觉得"不大是味儿！"心里很不好过！

我的职业是"写"。只要能写，就万事亨通，可是，近来我写不上来了！问题严重得很，我不晓得生了娃娃而没有奶的母亲怎样痛苦，我可是晓得我比她还更痛苦。没有奶，她可以雇乳娘，或买代乳粉，我没有这些便利。写不出就是写不出，找不到代替品与代替的人。

天天能写一点，确实能觉得很自由自在，赶到了一点也写不出的时节呀，哈哈，你便变成世界上最痛苦的人！你的自由，闲在，正是对你的刑罚；你一分钟一分钟无结果的度过，也就每一分钟都如坐针毡！你不但失去工作与报酬，你简直失去了你自己！

一夏天除了阴雨，我的卧室兼客厅兼饭堂兼浴室兼书房的书房，热得老像一只大火炉。夜间一点钟以后，我才能勉强的进去睡。睡不到四个小时，我就必须起来，好乘早凉儿工作一会儿；一过午，屋内即又成烤炉。一夏天，我没有睡足。睡不足，写的也就不多，一拿笔就觉得困啊。我很着急，但是想不出办法，缙云山上必定凉快，谁去得起呢！

入秋，我本想要"好好"的工作一番，可是天又霉，纸烟的价钱好像疯了似的往上涨。只好戒烟。我曾经声明说："先上吊，后戒烟！"以示至死不戒烟的决心。现在，自己打了嘴巴。最坏的烟卖到一百元一包（二十枝；我一天须吸三十枝），我没法不先戒烟，以延缓上吊之期了；人都惜命呀！没有烟，我只会流汗，一个字也写不出！戒烟就是自己跟自己摔跤。整天的摔跤还怎能写字呢？半个月，没写出一个字！

烟瘾稍杀，又打摆子，本来贫血，摆子使血更贫。于是，头又昏起来。不留神，猛一抬头，或猛一低头，眼前就黑那么一下，老使人有"又要停电"之感！每天早上，总盼着头不大昏，幸而真的比较清爽，我就赶快的高高兴兴去研墨，期望今天一下子能写出两三千字来。墨研好了，笔也拿在手中，也不知怎么的，头中轰的一下，生命成了空白，什么也没有了，除了一点轻微的嗡嗡的响声。这一阵好容易过去了，脑中开始抽着疼，心中烦躁得要狂喊几声！只好把笔放下——文人缴械！一天如此，两天如此，忍心的、耐性的、敷衍自己："明天会好些的！"第三天还是如此，我开始觉得："我完了！"放下笔，我不会干别的！是的，我晓得我应当休息，并且应当吃点补血的东西——豆腐、猪肝、猪脑、菠菜、红萝卜等。但是，这年月谁休息得起呢？紧写慢写还写不出香烟钱怎敢休息呢？至于补品，猪肝岂是好惹的东西，而豆腐又一见双眉紧皱，就是菠菜也不便宜啊！如此说来，理应赶快服点药，使身体从速好起来，可是西药贵如金，而中药又无特效。怎办呢？到了这般地步，我不能不后悔当初为什么单单选择这一门职业了！唱须生的倒了嗓子，唱花旦的损了面容，大概都会明白我的苦痛：这苦痛是来自希望与失望的相触，天天希望，天天失望，而生命就那么一天天的白白的摆过去，摆向绝望与毁灭！

最痛苦是接到朋友征稿的函信的时节。

朋友不仅拿你当作个友人，而且是认为你是会写点什么的人。可是，你须向友人们道歉；你还是你，你也已经不是你——你已不能够作了！

吃的是草，挤出的是牛奶；可是，文人的身体并不和牛一样壮，怎办呢？

青年朋友们，假使你没有变成一头牛的把握，请不要干我这一行事吧；当你写不出字来的时候，你比谁的苦痛都更大！我是永不怨天尤人的人，今天我只后悔自己选错了职业——完全是我自己的事，与别人毫不相干。我后悔作了写家的正如我后悔"没"作生意，或税吏一样；假若我起初就作着囤积居奇，与暗中拿钱的事，我现在岂不正兴高采烈的自庆前程远大么？啊，青年朋友们，假使你健壮如牛，也还要细想一想再决定吧，即在此处，牛恐怕是永远没有希望的动物，管你，和我一样的，不怨天尤人。

相片

　　在今日的文化里，相片的重要几乎胜过了音乐、图画与雕刻等等。在一个摩登的家庭里，没有留声机，没有名人字画，没有石的或铜的刻像，似乎还可以下得去；设若没几张相片，或一二相片本子，简直没法活下去！不用说是一个家庭，就是铺户、旅馆、火车站、学生宿舍，没有相片就都不像一回事。电车上"谨防扒手"的下面要是没有几片四寸的半身照相，就一定显着空洞。水手们身上要是不带着几张最写实不过的妖精打架二寸艺术照相，恐怕海上的生活就要加倍难堪了。想想看，一个设备很完全的学校，而没有年刊或同学录，一个政府机关里而没些张窄长的这个全体与那个周年的相片！至于报纸与杂志，哼，就是把高尔基的相误注为托尔斯泰的，也比空空如也强！投考、领护照、定婚、结婚、拜盟兄弟，哪一样可以没有相片？即使你天生来的反对照相，你也得去照；不然，你就连学校也不要入，连太太也不用娶，你乘早儿不用犯这个牛脖子——"请笑一点"，你笑就是了。儿童、妇女、国货、航空，都有"年"。年，究竟是年，今年甲子，明年乙丑，过去就完事；至于照相，这个世纪整个的是"照相世纪";想想,你逃得出去吗?

　　还是先说家庭吧。比如你的屋中挂着名家的字画,还有些古玩,雅是雅了,可是第一你就得防贼,门上加双锁,窗上加铁栅,连这样,夜间有个风声草动,你还得咳嗽几声;设若是明火,进来十几位蒙面的好汉,大概你连咳嗽也不敢了。这何苦呢?相片就没这种危险,谁也不会把你父亲的相偷去当他的爸爸,这不是实话么?

　　就满打没这个危险,艺术作品或古玩也远不及相片的亲切与雅俗共赏。一张名画,在普通的人眼中还不如理发馆壁上所悬的"五福临门",而你的朋友亲戚不见得没有普通人。你夸奖你的名画,他说看不上眼,岂不就得打吵子?相片人人能看得懂,而且就是照得不见佳也会有人夸好。比如令尊的相片加了漆金框悬在墙上,多么笨的人也不会当着你的面儿说:"令尊这个相还不如五福临门好看!"绝对不会。即使那个相真不好看,人家也得说:"老爷子福相,福相!"至不济,也会夸奖句:"框子配得真好!"

　　以此类推,尊家自己,尊夫人,令郎令媛,都有相片,都能得到好评,这够多么快活呢?况且相片遮丑,尊家面上的麻子,与尊夫人脸上的小沙漠似的雀斑,都不至于照上;你自己看着起劲,朋友们也不必会问:"照片上怎么忘掉你的麻子?"站在一张图画前面,不管懂与否,谁都想批评批评,为表示自己高明,当着一个人,谁也不愿对他的面貌发表意见;看相片也是如此。

　　有相片就有话说,不至于宾主对愣着。

"这是大少爷吧？"

"可不是！上美国读书去了。"

"近来有信吧？"

打这儿，就由大少爷谈到美国，又由美国谈回来，碰巧了就二反投唐再谈回美国去，话是越说越多，而且可以指点着相片而谈，有诗为证：句句是真，交情乃厚。

最好是有一二相片本子。提到大少爷，马上拿出本子来："这是他满月时候照的，他生在福州，那时先严正在福州做官。"话又远去了，足够写三四本书的。假若没有这可宝贵的本子，你怎好意思突乎其来的说：先严在福州做过官？而使朋友吓一跳，当是你的脑子有毛病。

遇上两位话不投缘，而屡有冲突起来的危险的客人，相片本子——顶好是有两本——真是无价之宝。一看两位的眼神不对，你应当很自然的一人递给一本。他们正在，比如说，为袁世凯是否伟人而要瞪眼的时候，你把大少爷生在福州，和二小姐已经定婚的照片翻开，指示给他们。他们一个看福州生的胖小子，一个看将要成为新娘子的二小姐，自然思想换了地方，一人问你一套话，而袁世凯或者不成为问题了。要不然，这个有很大的危险。假若你没有相片本子，而二位抓住袁世凯不撒手，你要往折中里一说，说二位各有各的理，他们一定都冲着你来了；寡不敌众，你没调停好，还弄一鼻子灰。你要是向着一边说话，不用说，那就非得罪一边不可，也许因此而飞起茶碗——在你家里，茶碗自然是你的。你要是一声不出，听着他们吵，赶到彼此已说无可说而又不想打架的时候，他们就会都抱怨你不像个朋友。你若是不分青红皂白而把客人一齐逐出去，那就更糟，他们也许在你的门口吵嚷一阵，而同声的骂你不懂交情。总之，你非预备两个本子不可！

赶到朋友多的时候，你只有一张嘴，无论如何也应酬不过来，相片本子可以替你招待客人。找那不爱说话的，和那顶爱说话的，把本子送过去；那位一声不出的可以不至死板板的坐在那里，那位包办说话的也不好再转着弯儿接四面八方的话。把这两极端安置好，你便可以从容对付那些中庸的客人了。这比茶点果子都更有效。爱说话的人，宁可牺牲了点心，也不放弃说话。至于茶，就更不挡事；爱说话的人会一劲儿的说，直等茶凉了，一口灌下去，赶紧接着再说。果子也不行，有人不喜欢吃凉的，让到了他，他还许摆出些谱儿来："一向不大动凉的，不过偶尔的吃一个半个的，假如有玫瑰香葡萄之类！"你听，他是挖苦你没预备好果子。相片本子既比茶点省钱，又不至被人拒绝，大概谁也不会说，"一向讨厌看相片！"

相片里有许多人生的姿体，打开一本照相，你可以有许多带感情的话。假若你现在的事由不如从前了，看着相片，你可以对友人说："这是前十年的了，那时候还不像这么狼狈！"这种牢骚是哀而不伤的，因为现在狼狈，并不能抹杀过去的光荣，回忆永是甜美的，对于兄弟儿女，都能起这种柔善的感情："看，这是当年的老六，多么体面，谁能想到他会……"你虽然依旧恨着老六，可是看着当年的照片，你到底想要原谅他。看着相片说些富有感情的话，你自己痛快，别人听着也够味儿。设若你会作诗的话，顶好在相片边题上些小诗，就更见出人生的味道。

不过，有些相片是不好摆进本子去的，你应当留神。歪戴帽或弄鬼脸的，甚至于扮成十三妹的相片，都可以贴上，因为这足以表示你颇天真，虽然你在平日是个完全的君子人，可是心田活泼泼的，也能像孩子般的淘气，这更见英雄的本色。至于背着尊夫人所接到的女友小照，似乎就不必公开的展览。爽直是可贵的，可是也得有个分寸。这个，你自然晓得；不过，我更嘱咐你一句：这类的相片就是藏起来也得要十分的严密，太太们对这种玩艺是特别注意的。

春风

济南与青岛是多么不相同的地方呢！一个设若比作穿肥袖马褂的老先生，那一个便应当是摩登的少女。可是这两处不无相似之处。拿气候说吧，济南的夏天可以热死人，而青岛是有名的避暑所在；冬天，济南也比青岛冷。但是，两地的春秋颇有点相同。济南到春天多风，青岛也是这样；济南的秋天是长而晴美，青岛亦然。

对于秋天，我不知应爱哪里的：济南的秋是在山上，青岛的是海边。济南是抱在小山里的；到了秋天，小山上的草色在黄绿之间，松是绿的，别的树叶差不多都是红与黄的。就是那没树木的山上，也增多了颜色——日影、草色、石层，三者能配合出种种的条纹，种种的影色。配上那光暖的蓝空，我觉到一种舒适安全，只想在山坡上似睡非睡的躺着，躺到永远。青岛的山——虽然怪秀美——不能与海相抗，秋海的波还是春样的绿，可是被清凉的蓝空给开拓出老远，平日看不见的小岛清楚地点在帆外。这远到天边的绿水使我不愿思想而不得不思想；一种无目的的思虑，要思虑而心中反倒空虚了些。济南的秋给我安全之感，青岛的秋引起我甜美的悲哀。我不知应当爱哪个。

两地的春可都被风给吹毁了。所谓春风，似乎应当温柔，轻吻着柳枝，微微吹皱了水面，偷偷的传送花香，同情的轻轻掀起禽鸟的羽毛。济南与青岛的春风都太粗猛。济南的风每每在丁香海棠开花的时候把天刮黄，什么也看不见，连花都埋在黄暗中。青岛的风少一些沙土，可是狡猾，在已很暖的时节忽然来一阵或一天的冷风，把一切都送回冬天去，棉衣不敢脱，花儿不敢开，海边翻着愁浪。

两地的风都有时候整天整夜的刮。春夜的微风送来雁叫，使人似乎多些希望。整夜的大风，门响窗户动，使人不英雄的把头埋在被子里；即使无害，也似乎不应该如此。对于我，特别觉得难堪。我生在北方，听惯了风，可也最怕风。听是听惯了，因为听惯才知道那个难受劲儿。它老使我坐卧不安，心中游游摸摸的，干什么不好，不干什么也不好。它常常打断我的希望：听见风响，我懒得出门，觉得寒冷，心中渺茫。春天仿佛应当有生气，应当有花草，这样的野风几乎是不可原谅的！我倒不是个弱不禁风的人，虽然身体不很足壮。我能受苦，只是受不住风。别种的苦处，多少是在一个地方，多少有个原因，多少可以设法减除；对风是干没办法。总不在一个地方，到处随时使我的脑子晃动，像怒海上的船。它使我说不出为什么苦痛，而且没法子避免。它自由的刮，我死受着苦。我不能和风去讲理或吵架。单单在春天刮这样的风！可是跟谁讲理去呢？苏杭的春天应当没有这不得人心的风吧？我不知道，而希望如此。好有个地方去"避风"呀！

鬼与狐

我所见过的鬼都是鼻眼俱全，带着腿儿，白天在街上蹓跶的。夜间出来活动的鬼，还未曾遇到过；不是他们的过错，而是因为我不敢走黑道儿。平均的说，我总是晚上九点后十点前睡觉，鬼们还未曾出来；一睁眼就又天亮了，据说鬼们是在鸡鸣以前回家休息的。所以我老与鬼们两不照面，向无交往。即使有时候鬼在半夜扒着窗户看看我，我向来是睡得如死狗一般，大概他们也不大好意思惊动我。据我推测，鬼的拿手戏是在吓唬人；那么，我夜间不醒，他也就没办法。就是他想一口冷气把我吹死，到底未能先使我的头发立起如刺猬的样子，他大概是不会过瘾的。

假若黑夜的鬼可以躲避，白天的鬼倒真没法儿防备。我不能白天也老睡觉。只要我一上街，总得遇上他。有时候在家中静坐，他会找上门来。夜里的鬼并不这样讨人嫌。还有呢，夜间的鬼有种种奇装异服与怪脸面，使人一见就知道鬼来了，如披散着头发，吐着舌头，走道儿没声音，和驾着阴风等等。这些特异的标帜使人先有个准备，能打呢就和他开仗，如若个子太高或样子太可怕呢，咱就给他表演个二百米或一英里竞走，虽然他也许打破我的纪录，而跑到前面去，可是到底我有个希望。白天的鬼，哼，比夜间的要厉害着多少倍，简直不知多少倍。第一，他不吐舌头，也不打旋风；他只在你不留神的时候，脚底下一绊，你准得躺下。他的样子一点也不见得比我难看，十之八九是胖胖的，一肚子鬼胎。他要能吓唬你，自然是见面就"虎"一气了；可是一般的说，他不"虎"，而是嬉皮笑脸的讨人喜欢，等你中了他的计策之后，你才觉出他比棺材板还硬还凉。他与夜鬼的分别是这样：夜鬼拿人当人待，他至多不过希望拉个替身；白日鬼根本不拿人当人，你只是他的诡计中的一个环节，你永远逃不出他的圈儿。夜鬼大概多少有点委屈，所以白脸红舌头的出出恶气，这情有可原。白日鬼什么委屈也没有，他干脆要占别人的便宜。夜鬼不讲什么道德，因为他晓得自己是鬼；白日鬼很讲道德，嘴里讲，心里是男盗女娼一应俱全。更厉害的是他比夜鬼的心眼多，他知道怎样有组织，用大家的势力摆下迷魂大阵，把他所要收拾的一一的捉进阵去。在夜鬼的历史里，很少有大头鬼、吊死鬼等等联合起来作大规模运动的。白日鬼可就两样了，他们永远有团体，有计划，使你躲开这个，躲不开那个，早晚得落在他们的手中。夜鬼因为势力孤单，他知道怎样不专凭势力，而有时也去找个清官，如包老爷之流，诉诉委屈，而从法律上雪冤报仇。白日鬼不讲这一套，世上的包老爷多数死在他们的手里，更不用说别人了。这种鬼的存在似乎专为害人，就是害不死人，也把人气死。他们什么也晓得，只是不晓得怎样不讨厌。他们的心眼很复杂，很快，很柔软——像块皮糖似的怎揉怎合适，怎方便怎去。他们没有半点火气，地道的纯阴，心凉得像块冰似的，口中叼着大吕宋烟。

这种无处无时不讨厌的鬼似乎该有个名称，我想"不知死的鬼"就很恰当。这种鬼虽具有人形，而心肺则似乎不与人心人肺的标本一样。他在顶小的利益上看出天大的甜头，在极黑暗的地方看出美，找到享乐。他吃，他唱，他交媾，他不知道死。这种玩艺们把世界弄成了鬼的世界，有地狱的黑暗，而无其严肃。

鬼之外，应当说到狐。在狐的历史里，似乎女权很高，千年白狐总是变成妖艳的小娘子——可惜就是有时候露出点小尾巴。虽然有时候狐也变成白发老翁，可是究竟是老翁，少壮的男狐精就不大听说。因此，鬼若是可怕，狐便可怕而又可喜，往往使人舍不得她。她浪漫。

因为浪漫，狐似乎有点傻气，至少比"不知死的鬼"傻多了。修炼了千年或更长的时间才能化为人形，不刻苦的继续下工夫，却偏偏为爱情而牺牲，以至被张天师的张手雷打个粉碎，其愚不可及也。况且所爱的往往不是有汽车高楼的痴胖子，而是风流年少的穷书生；这太不上算了，要按着世上女鬼的逻辑说。

狐的手段也不高明。对于得罪他们的人，只会给饭锅里扔把沙子，或把茶壶茶碗放在厕所里去。这种办法太幼稚，只能恼人而不叫人真怕他们。于是人们请来高僧或捉妖的老道，门前挂上符咒，老少狐仙便即刻搬家。在这一点上，狐远不及鬼，更不及白日的鬼。鬼会在半夜三更叫唤几声，就把人吓得藏在被窝里出白毛汗，至少得烧点纸钱安慰安慰冤魂。至于那白日鬼就更厉害了，他会不动声色的，跟你一块吃喝的工夫，把你送到阴间去，到了阴间你还不知道是怎回事呢。

我以为说鬼说狐的故事与文艺大概多数的是为造成一种恐怖，故意的供给一种人为的哆嗦，好使心中空洞的人有些一想就颤抖的东西——神经的冷水浴。在这个目的以外，也许还有时候含着点教训，如鬼狐的报恩等等。不论是怎样吧，写这样故事的人大概都是为避免着人事，因为人事中的阴险诡诈远非鬼所能及；鬼的能力与心计太有限了，所以鬼事倒比较的容易写一些。至于鬼狐报恩一类的事，也许是求之人世而不可得，乃转而求诸鬼狐吧。

第六章

生活是种律动，须有光有影，有左有右，有晴有雨

小麻雀

雨后，院里来了个麻雀，刚长全了羽毛。它在院里跳，有时飞一下，不过是由地上飞到花盆沿上，或由花盆上飞下来。看它这么飞了两三次，我看出来：它并不会飞得再高一些，它的左翅的几根长翎拧在一起，有一根特别的长，似乎要脱落下来。我试着往前凑，它跳一跳，可是又停住，看着我，小黑豆眼带出点要亲近我又不完全信任的神气。我想到了：这是个熟鸟，也许是自幼便养在笼中的。所以它不十分怕人。可是它的左翅也许是被养着它的或别个孩子给扯坏，所以它爱人，又不完全信任。想到这个，我忽然的很难过。一个飞禽失去翅膀是多么可怜。这个小鸟离了人恐怕不会活，可是人又那么狠心，伤了它的翎羽。它被人毁坏了，而还想依靠人，多么可怜！它的眼带出进退为难的神情，虽然只是那么个小而不美的小鸟，它的举动与表情可露出极大的委屈与为难。它是要保全它那点生命，而不晓得如何是好。对它自己与人都没有信心，而又愿找到些倚靠。它跳一跳，停一停，看着我，又不敢过来。我想拿几个饭粒诱它前来，又不敢离开，我怕小猫来扑它。可是小猫并没在院里，我很快的跑进厨房，抓来了几个饭粒。及至我回来，小鸟已不见了。我向外院跑去，小猫在影壁前的花盆旁蹲着呢。我忙去驱逐它，它只一扑，把小鸟擒住！被人养惯的小麻雀，连挣扎都不会，尾与爪在猫嘴旁搭拉着，和死去差不多。

瞧着小鸟，猫一头跑进厨房，又一头跑到西屋。我不敢紧追，怕它更咬紧了可又不能不追。虽然看不见小鸟的头部，我还没忘了那个眼神。那个预知生命危险的眼神。那个眼神与我的好心中间隔着一只小白猫。来回跑了几次，我不追了。追上也没用了，我想，小鸟至少已半死了。猫又进了厨房，我愣了一会儿，赶紧的又追了去；那两个黑豆眼仿佛在我心内睁着呢。

进了厨房，猫在一条铁筒——冬天升火通烟用的，春天拆下来便放在厨房的墙角——旁蹲着呢。小鸟已不见了。铁筒的下端未完全扣在地上，开着一个不小的缝儿小猫用脚往里探。我的希望回来了，小鸟没死。小猫本来才四个来月大，还没捉住过老鼠，或者还不会杀生，只是叼着小鸟玩一玩。正在这么想，小鸟，忽然出来了，猫倒像吓了一跳，往后躲了躲。小鸟的样子，我一眼便看清了，登时使我要闭上了眼。小鸟几乎是蹲着，胸离地很近，像人害肚痛蹲在地上那样。它身上并没血。身子可似乎是蜷在一块，非常的短。头低着，小嘴指着地。那两个黑眼珠！非常的黑，非常的大，不看什么，就那么顶黑顶大的愣着。它只有那么一点活气，都在眼里，像是等着猫再扑它，它没力量反抗或逃避；又像是等着猫赦免了它，或是来个救星。生与死都在这俩眼里，而并不是清醒的。它是胡涂了，昏迷了；不然为什么由铁筒中出来呢？可是，虽然昏迷，到底有那么一点说不清的，生命根源的，希望。这个希望使它注视着地上，等着，等着生或死。它怕得非常的忠诚，完全把自己交给了一线的希望，一点也不动。像把生命要从两眼中流出，它不叫，不动。

小猫没再扑它，只试着用小脚碰它。它随着击碰倾侧，头不动，眼不动，还呆呆的注视着地上。但求它能活着，它就决不反抗。可是并非全无勇气，它是在猫的面前不动！我轻轻的过去，把猫抓住。将猫放在门外，小鸟还没动。我双手把它捧起来。它确是没受了多大的伤，虽然胸上落了点毛。它看了我一眼！

我没主意：把它放了吧，它准是死？养着它吧，家中没有笼子。我捧着它好像世上一切生命都在我的掌中似的，我不知怎样好。小鸟不动，蜷着身，两眼还那么黑，等着！愣了好久，我把它捧到卧室里，放在桌子上，看着它，它又愣了半天，忽然头向左右歪了歪，用它的黑眼瞟了一下；又不动了，可是身子长出来一些，还低头看着，似乎明白了点什么。

小动物们

鸟兽们自由的生活着，未必比被人豢养着更快乐。据调查鸟类生活的专门家说，鸟啼绝不是为使人爱听，更不是以歌唱自娱，而是占据猎取食物的地盘的示威；鸟类的生活是非常的艰苦。兽类的互相蚕食是更显然的。这样，看见笼中的鸟，或柙中的虎，而替它们伤心，实在可以不必。可是，也似乎不必替它们高兴；被人养着，也未尽舒服。生命仿佛是老在魔鬼与荒海的夹间儿，怎样也不好。

我很爱小动物们。我的"爱"只是我自己觉得如此；到底对被爱的有什么好处，不敢说。它们是这样受我的恩养好呢，还是自由的活着好呢？也不敢说。把养小动物们看成一种事实，我才敢说些关于它们的话。下面的述说，那么，只是为述说而述说。

先说鸽子。我的幼时，家中很贫。说出"贫"来，为是声明我并养不起鸽子；鸽子是种费钱的活玩艺儿。可是，我的两位姐丈都喜欢玩鸽子，所以我知道其中的一点儿典故。我没事儿就到两家去看鸽，也不短随着姐丈们到鸽市去玩；他们都比我大着二十多岁。我的经验既是这样来的，而且是幼时的事，恐怕说得不能很完到了；有好多鸽子名已想不起来了。

鸽的名样很多。以颜色说，大概应以灰、白、黑、紫为基本色儿。可是全灰全白全黑全紫的并不值钱。全灰的是楼鸽，院中撒些米就会来一群；物是以缺者为贵，楼鸽太普罗。有一种比楼鸽小，灰色也浅一些的，才是真正的"灰"；但也并不很贵重。全白的，大概就叫"白"吧，我记不清了。全黑的叫黑儿，全紫的叫紫箭，也叫猪血。

猪血们因为羽毛单调，所以不值钱，这就容易想到值钱的必是杂色的。杂色的种类多极了，就我所知道的——并且为清楚起见——可以分作下列的四大类：点子、乌、环、玉翅。点子是白身腔，只在头上有手指肚大的一块黑，或紫；尾是随着头上那个点儿，黑或紫。这叫作黑点子和紫点子。乌与点子相近，不过是头上的黑或紫延长到肩与胸部。这叫黑乌或紫乌。这种又有黑翅的或紫翅的，名铁翅乌或铜翅乌——这比单是乌又贵重一些。还有一种，只有黑头或紫头，而尾是白的，叫作黑乌头或紫乌头；比它的价钱要贱一些。刚才说过了，乌的头部的黑或紫毛是后齐肩，前及胸的。假若黑或紫毛只是由头顶到肩部，而前面仍是白的，这便叫作老虎帽，因为很像廿年前通行的风帽；这种确是非常的好看，因而价值也就很高。在民国初年，兴了一阵子蓝乌和蓝乌头，头尾如乌，而是灰蓝色儿的。这种并不好看，出了一阵子锋头也就拉倒了。

环，简单得很：全白而项上有一黑圈者叫墨环；反之，全黑而项上有白圈者是玉环。此外有紫环，全白而项上有一紫环。"环"这种鸽似乎永远不太高贵。大概可以这么说，白尾的鸽是不易与黑尾或紫尾的相抗，因为白尾的飞起来不大美。

玉翅是白翅边的。全灰而有两白翅是灰玉翅；还有黑玉翅、紫玉翅。所谓白翅，有个讲究：翅上的白翎是左七右八。能够这样，飞起来才正好，白边儿不过宽，也不过窄。能生成就这样的，自然很少，所以鸽贩常常作假，硬插上一两根，或拔去些，是常有的事。这类中又有变种：玉翅而有白尾的，比如一只黑鸽而有左七右八的白翅翎，同时又是白尾，便叫作三块玉。灰的、紫的，也能这样。要是连头也是白的呢便叫作四块玉了。四块玉是较比有些价值的。

在这四大类之外，还有许多杂色的鸽。如鹤袖，如麻背，都有些价值，可不怎么十分名贵。在北平，差不多是以上述的四大类为主。新种随时有，也能时兴一阵，可都不如这四类重要与长远。

就这四大类说，紫的老比别的颜色高贵。紫色儿不容易长到好处，太深了就遭猪血之诮，太浅了又黄不唧的寒酸。况且还容易长"花了"呢，特别是在尾巴上，翎的末端往往露出白来，像一块癣似的，把个尾巴就毁了。

紫以下便是黑，其次为灰。可是灰色如只是一点，如灰头、灰环，便又可贵了。

这些鸽中，以点子和乌为"古典的"。它们的价值似乎永远不变，虽然普通，可是老是鸽群之主。这么说吧，飞起四十只鸽，其中有过半的点子和乌，而杂以别种，便好看。反之，则不好看。要是这四十只都是点子，或都是乌，或点子与乌，便能有顶好的阵容。你几乎不能飞四十只环或玉翅。想想看吧：点子是全身雪白，而有个黑或紫的尾，飞起来像一群玲珑的白鸥；及至一翻身呢，那黑或紫的尾给这轻洁的白衣一个色彩深厚的裙儿，既轻妙而又厚重。假若是太阳在西边，而东方有些黑云，那就太美了：白翅在黑云下自然分外的白了；一斜身儿呢，黑尾或紫尾——最好是紫尾——迎着阳光闪起一些金光来！点子如是，乌也如是。白尾巴的，无论长得多么体面，飞起来没这种美妙，要不怎么不大值钱呢。铁翅乌或铜翅乌飞起来特别好看，像一朵花，当中一块白，前后左右都镶着黑或紫，他使人觉得安闲舒适。可是铜翅乌几乎永远不飞，飞不起，贱的也是几十块钱一对儿吧。玩鸽子是满天飞洋钱的事儿，洋钱飞起去是不如在手里牢靠的。

可是，鸽子的讲究儿不专在飞，正如女子出头露脸不专仗着能跑五十米。它得长得俊。先说头吧，平头或峰头（峰读如凤；也许就是凤，而不是峰），便决定了身价的高低。所谓峰头或凤头的，是在头上有一撮立着的毛；平头是光葫芦。自然凤头的是更美，也更贵。峰——或凤——不许有杂毛，黑便全黑，紫便全紫，搀着白的便不够派儿。它得大，而且要像个荷包似的向里包包着。鸽贩常把峰的杂毛剔去，而且把不像荷包的收拾得像荷包。这样收拾好的峰，就怕鸽子洗澡，因为那好看的头饰是用胶粘的。

头最怕鸡头，没有脑杓儿，楞头磕脑的不好看。头须像算盘子儿，圆乎乎的，丰满。这样的头，再加上个好峰，便是标准美了。

眼，得先说眼皮。红眼皮的如害着眼病，当然不美。所以要强的鸽子得长白眼皮。宽宽的白眼皮，使眼睛显得大而有神。眼珠也有讲究，豆眼、隔棱眼，都是要不得的。可惜我离开鸽子们已念多年，形容不上来豆眼等是什么样子了；有机会到北平去住几天，我还能把它们想起来，到鸽市去两趟就行了。

嘴也很要紧。无论长得多么体面的鸽，来个长嘴，就算完了事。要不怎么，有的鸽虽然很缺少，而总不能名贵呢；因为这种根本没有短嘴的。鸽得有短嘴！厚厚实实的，小墩子嘴，才好看。

头部以外，就得论羽毛如何了。羽毛的深浅，色的支配，都有一定的。老虎帽的帽长到何处，虎头的黑或紫毛应到胸部的何处，都不能随便。出一个好鸽与出一个美人都是历史的光荣。

身的大小，随鸽而异。羽毛单调一些的，像紫箭等，自然是越大越蠢，所以以短小玲珑为贵。像点子与乌什么的，个子大一点也不碍事。不过，嘴儿短，长得娇秀，自然不会发展得很粗大了，所以美丽的鸽往往是小个儿。

大个子的，长嘴儿的，可也有用处。大个子的身强力壮翅子硬，能飞，能尾上戴鸽铃，所以它们是空中的主力军。别的鸽子好看，可供地上玩赏；这些老粗儿们是飞起来才见本事，故尔也还被人爱。长翅儿也有用，孵小鸽子是它们的事：它们的嘴长，"喷"得好——小鸽不会自己吃东西，得由老鸽嘴对嘴的"喷"。再说呢，喷的时候，老的胸部羽毛便糙了；谁也不肯这么牺牲好鸽。好鸽下的蛋，总被人拿来交与丑鸽去孵，丑鸽本来不值钱，身上糙旧一点也没关系。要作鸽就得美呀，不然便很苦了。

有的丑鸽，仿佛知道自己的其貌不扬，便长点特别的本事以与美鸽竞争。有力气戴大鸽铃便是一例。可是有力气还不怎样新奇，所以有的能在空中翻跟头。会翻跟头的鸽在与朋友们一块飞起的时候，能飞着飞着便离群而翻几个跟头，然后再飞上去加入鸽群，然后又独自翻下来。这很好看，假若他是白色的，就好像由蓝空中落下一团雪来似的。这种鸽的身体很小，面貌可不见得美。他有个标帜，即在项上有一小撮毛儿，倒长着。这一撮倒毛儿好像老在那儿说："你瞧，我会翻跟头！"这种鸽还有个特点，脚上有毛儿，像诸葛亮的羽扇似的。一走，便扑喳扑喳的，很有神气。不会翻跟头的可也有时候长着毛脚。这类鸽多半是全灰全白或全黑的。羽毛不佳，可是有本事呢。

为养毛脚鸽，须盖灰顶的房，不要瓦。因为瓦的棱儿往往伤了毛脚而流出血来。

哎呀！我说"先说鸽子"，已经三千多字了，还没说完！好吧，下回接着说鸽子吧，假若有人爱听。我的题目《小动物们》，似乎也有加上个"鸽"的必要了。

小动物们（鸽）续

　　养鸽正如养鱼，养鸟，要受许多的辛苦。"不苦不乐"，算是说对了。不过，养鱼，养鸟较比养鸽还和平一些；养鸽是斗气的事儿。是，养鸟也有时候怄气，可鸟儿究竟是在笼子里，跟别的鸟没有直接的接触。鸽子是满天飞的。张家的也飞，李家的也飞，飞到一处而裹乱了是必不可免的。这就得打架。因此，玩别的小玩艺用不着法律，养鸽便得有。这些法律虽不是国家颁布的，可是在玩鸽的人们中间得遵守着。比如说吧，我开始养鸽子，我就得和四邻的"鸽家"们开谈判。交情好的呢，可以规定：彼此谁也不要谁的鸽；假若我的鸽被友家裹了去，他还给我送回来；我对他也这样。这就免去许多战争。假若两家说不来呢，那就对不起了，谁得着是谁的，战争可就无可避免了。有这样的敌人，养鸽等于斗气。你不飞，我也不飞；你的飞起来，我的也马上飞起来，跟你"撞"！"撞"很过瘾，两个鸽阵混成一团，合而复分，分而复合；一会儿我"拉过"你的来，一会儿你又"拉过"我的去，如看拔河一样起劲。谁要是能"得过"一只来，落在自己的房上，便设法用粮食引诱下来，算做自己的战胜品。

可是，俘虏是在房上，时时可以飞去；我可就下了毒手，用弩打下来，假若俘虏不受引诱而要逃走。打可得有个分寸，手法要好，讲究恰好打在——用泥弹——鸽的肩头上。肩头受伤，没有性命的危险，可是失了飞翔的能力。于是滚下房来，我用网接住；将养几天，便能好过来。手法笨的，弹中胸部，便一命呜呼；或是弹子虚发，把鸽惊走，是谓泄气。

"撞"实过瘾，可也别扭，我没法训练新鸽与小鸽了。新鸽与小鸽必须有相当的训练才认识自己的家，与见阵不迷头。那么，我每放起鸽去，敌人也必调动人马，那我简直没有训练新军的机会；大胆放出生手，准保叫人家给拉了去。于是，我得早早地起，敛旗息鼓地一声不出地去操练新军。敌人也会早起呀，这才真叫怄气！得设法说和了，要不然简直得出人命了。

哼，说和却不容易。比如我只有三十只能征惯战的鸽，而敌人有八十只，他才不和我开和平会议呢。没办法，干脆搬家吧。对这样的敌人，万幸我得过他一只来，我必定拿到鸽市去卖；不为钱，为是羞辱他。他也准知道我必到鸽市去，而托鸽贩或旁人把那只买回去，他自己没脸来和我过话。

即使没这种战争，养鸽也非养气之道；鸽时时使你心跳。这么说吧，我有点事要出门，刚走到巷口，见天上有只鸽，飞得两翅已疲，或是惊惶不定，显系飞迷了头；我不能漏这个空，马上飞跑回家，放起我的鸽来裹住这只宝贝。有天大的事也得放下。其实得到手中，也许是只最老丑的糟货，可是多少是个幸头，不能轻易放过。养鸽的人是"满天飞洋钱，两脚踩狗屎"，因为老仰首走路也。

训练幼鸽也是很难放心的事，特别是经自己的手孵出来的。头几次飞，简直没把握，有时候眼看着你自己家中孵出的幼鸽，飞到别家去，其伤心不亚于丢失了儿女。

最难堪的是闹"鸦虎子"。"鸦虎子"是一种小鹰，秋冬之际来驻北平，专欺侮鸽子。在这个时节，养鸽的把鸽铃都撤下来，以免鸦虎闻声而来，在放鸽以前，要登高一望，看空中有无此物。及至鸽已飞起，而神气不对，忽高忽低，不正经着飞，便应马上"垫"起一只，使大家落下，以免危险；大概远处有了那个东西。不幸而鸦虎已到，那只有跺脚，而无办法。鸦虎子捉鸽的方法是把鸽群"托"到顶高，高得几乎像燕子那么小了，它才绕上去，单捉一只。它不忙，在鸽群下打旋，鸽们只好往高处飞了。越飞越高，越飞越乏；然后鸦虎猛地往高处一钻，鸽已失魂，紧跟着它往下一"砸"，群鸽屁滚尿流，一直地往下掉。可是鸦虎比它们快。于是空中落下一些羽毛，它捉一只，找清静地方去享受。其余的幸得逃命，不择地而落，不定都落到哪里去呢！幸而有几只碰运气落在家中的房上，亦只顾喘息，如呆如痴，非常的可怜。这个，从始至终，养鸽的是目不敢瞬地看着；只是看着，一点办法没有！鸦虎已走，养鸽的还得等着，等着失落的鸽们回来。一会儿飞回来一只，又待一会儿又回来一只。可是等来等去，未必都能回来，因惊破了胆的鸽是很容易被别家得去的。检点残军，自叹晦气，堂堂七尺之躯会干不过个小小的鸦虎子！

　　普通的飞法是每天飞三次，每飞一次叫作"一翅儿"。三次的支配大概是每日的早晚中三时，这随天气的冷暖而变动。夏日太热，早晚为宜，午间即不放鸽；冬日自然以午间为宜，因为暖和些。夏天的鸽阵最好看，高处较凉一些，鸽喜高飞；而且没有鸦虎什么的，鸽飞得也稳；鸦虎大概是到别处去避暑了。每要飞一翅儿，是以长竿——竿头拴些碎布或鸡毛——一挥，鸽即飞起。飞起的都是熟鸽，不怕与别家的"撞"。其中最强者，尾系鸽铃，为全军奏乐。飞起来，先擦着房，而后渐次高升，以家中为中心来回地旋转。鸽不在多少，飞起来讲究尾彩配合的好，"盘儿"——即鸽阵——要密，彼此的距离短而旋转得一致。这样有盘儿有精神，悦目。盘儿大而松懈，东一个西一个地乱飞，则招人讥诮。当盘儿飞到相当的时间，则当把生鸽或幼鸽掷于房上，盘儿见此，则往下飞。如欲训练生鸽或幼鸽，即当盘儿下落之际续入，随盘儿飞转几圈，就一齐落于房上，以免丢失。以一鸽或二鸽掷于房上，招盘儿下来，叫做"垫"。

　　老鸽不限于随盘儿飞，有时被主人携到十数里之外去放，仍能飞回来。有时候卖出去，过一两月还能找到了老家。

　　养鸽的人家，房脊上摆琉璃瓦两三块，一黄二绿，或二绿一黄，以作标帜。鸽们记得这个颜色与摆法，即不往生地方落。

　　新鸽买来，用线拢住翅儿，以防飞走。过几天，把翅儿松开些，使能打扑噜而不能高飞，掷之房上，使它认识环境。再过几天，看鸽性是强烈还是温柔而决定松绑的早晚。老鸽绑的日久，幼鸽绑的期短。松绑以后，就可以试着训练了。

鸽食很简单，通常都用高粱。到换毛的时候或极冷的时候才加些料豆儿。每天喂鸽最好有一定的次数。

住处也不须怎么讲究，普通的是用苇扎成个栅子，栅里再砌起窝来，每一窝放一草筐，够一对鸽住的。最要紧的是要干燥和安全。窝门不结实，或砌的不好，黄鼠狼就会半夜来偷鸽吃。窝干燥清洁，鸽不易得病；如得起病来，传染的很快，那可了不得。

该说鸽市。

对于鸽的食水，我没详说，因为在重要的点上大家虽差不多，可是每人都有自己的手法，不能完全相同；既是玩吗，个人总设法证明自己的方法最好。谈到鸽市，规矩可就是普通的了，示奇立异是行不通的。

在我幼时，天天有鸽市。我记得好像是这样：逢一五是在护国寺的后身，二六是在北新桥，三是土地庙，四是花市，七八是西城车儿胡同，九十是隆福寺外。每逢一五，是否在护国寺后身，我不敢说准了；想了半天，也想不起来。

鸽贩是每天必上市的。他们大约可分三种：第一种是阔手，只简单地拿着一个鸽笼，专买卖中上等的鸽子。第二种，挑着好几个笼，好歹不论，有利就买就卖。第三种是专买破鸽，雏鸽与鸽蛋——送到饭庄当菜用。我最不喜欢这第三种，鸽子一到他们手里就算无望了。顶可怜是雏鸽，羽毛还没长全，可是已能叫人看出是不成材料的货，便入了死笼。雏鸽哆嗦着，被别的鸽压在笼底上，极细弱地叫着！再过几点钟便成了盘中的菜了。

此外，还有一种暗中做买卖而不叫别人知道的，这好像是票友使黑杵，虽已拿钱而不明言。这种人可不甚多。

养鸽的人到市上去，若是卖鸽，便也是提笼。若是去买鸽，既不知准能买到与否，自然不必拿着笼去。只去卖一二只鸽，或是买到一二只，既未提笼，就用手绢捆着鸽。

买鸽的时候，不见得准买一对。家中有只雄的，没有伴儿，便去买只雌的；或者相反。因此，卖鸽的总说"公儿欢，母儿消"。所谓"欢"者，就是公鸽正想择配，见着雌的便咕咕地叫着追求。所谓"消"者，是雌鸽正想出嫁，有公鸽向她求爱，她就点头接受。买到欢公或消母，拿到家中即能马上结婚，不必费事。欢与消可以——若是有笼——当面试验。可是，市上的鸽未必雄的都欢，雌的都消。况且有时两雄或两雌放在一处而充作一对儿卖。这可就得看买主的眼睛了。你本想去买一只欢公，而市上没有；可是有一只，虽不欢，但是合你的意。那么，也就得买这一只；现在不欢，过几天也许就欢起来。你怎么知道那是个公的呢？为买公鸽而去，却买了只母的回来，岂不窝囊得慌！市上是不甚讲道德的，没眼睛的就要受骗。

看鸽是这样的：把鸽拿在左手中，拢着鸽的翅与腿，用右手去托一托鸽的胸。鸽在此时，如瞪眼，即是公；眨眼的，即是母。头大的是公，头小的是母。除辨别公母，鸽在手中也能觉出挺拔与否。真正的行家，拿起鸽来，还能看出鸽的血统正不正来，有的鸽，外表很好，而来路不正，将来下蛋孵窝，未必还能出好鸽。这个，我可不大深知；我没有多少经验。

看完了头部，要用手捋一捋鸽翅，看翅活动与否，有力没有，与是否有伤——有的鸽是被弩弹打过而翅子僵硬不灵的。对于峰，尾，都要吹一吹，细看看；恐怕是假作的。都看好了，才讲价钱。半日之中，鸽受罪不少。所以真正好鸽，如鸽市上去卖，便放在笼内，只准看，不准动手。这显着硬气，可是鸽子的身分得真高；假如弄只破鸽而这么办，必会被人当笑话说。还有呢，好鸽保养的好，身上有一层白霜，像葡萄霜儿那样好看，经手一摸，便把霜儿蹭了去；所以不许动手。可是好鸽上市，即使不许人动，在笼中究竟要受损失，尾巴是最易磨坏的。所以要出手好鸽往往把买主请到家中来看，根本不到市上去。因此，市上实在见不着什么值钱的鸽子。

关于鸽，我想起这么些儿来，离详尽还远得很呢。就是这一点，恐怕还有说错了的地方；二十多年前的事是不易老记得很清楚的。

现在，粮食贵，有闲的人也少了，恐怕就还有养鸽的也不似先前那样讲究了。可是，这也没什么可惜。我只是为述说而述说，倒不提倡什么国鸟，国鸽的。

猫

　　猫的性格实在有些古怪。说它老实吧，它的确有时候很乖。它会找个暖和地方，成天睡大觉，无忧无虑。什么事也不过问。可是，赶到它决定要出去玩玩，就会走出一天一夜，任凭谁怎么呼唤，它也不肯回来。说它贪玩吧，的确是呀，要不怎么会一天一夜不回家呢？可是，及至它听到点老鼠的响动啊，它又多么尽职，闭息凝视，一连就是几个钟头，非把老鼠等出来不拉倒！

　　它要是高兴，能比谁都温柔可亲：用身子蹭你的腿，把脖儿伸出来要求给抓痒，或是在你写稿子的时候，跳上桌来，在纸上踩印几朵小梅花。它还会丰富多腔地唤，长短不同，粗细各异，变化多端，力避单调。在不叫的时候，它还会咕噜咕噜地给自己解闷。这可都凭它的高兴。它若是不高兴啊，无论谁说多少好话，它一声也不出，连半个小梅花也不肯印在稿纸上！它倔强得很！

　　是，猫的确是倔强。看吧，大马戏团里什么狮子、老虎、大象、狗熊，甚至于笨驴，都能表演一些玩艺儿，可是谁见过耍猫呢？（昨天才听说：苏联的某马戏团里确有耍猫的，我当然还没亲眼见过。）

这种小动物确是古怪。不管你多么善待它，它也不肯跟着你上街去逛逛。它什么都怕，总想藏起来。可是它又那么勇猛，不要说见着小虫和老鼠，就是遇上蛇也敢斗一斗。它的嘴往往被蜂儿或蝎子螫的肿起来。

赶到猫儿们一讲起恋爱来，那就闹得一条街的人们都不能安睡。它们的叫声是那么尖锐刺耳，使人觉得世界上若是没有猫啊，一定会更平静一些。

可是，及至女猫生下两三个棉花团似的小猫啊，你又不恨它了。它是那么尽责地看护儿女，连上房兜兜风也不肯去了。

郎猫可不那么负责，它丝毫不关心儿女。它或睡大觉，或上屋去乱叫，有机会就和邻居们打一架，身上的毛儿滚成了毡，满脸横七竖八都是伤痕，看起来实在不大体面。好在它没有照镜子的习惯，依然昂首阔步，大喊大叫，它匆忙地吃两口东西，就又去挑战开打。有时候，它两天两夜不回家，可是当你以为它可能已经远走高飞了，它却瘸着腿大败而归，直入厨房要东西吃。

过了满月的小猫们真是可爱，腿脚还不甚稳，可是已经学会淘气。妈妈的尾巴，一根鸡毛，都是它们的好玩具，耍上没结没完。一玩起来，它们不知要摔多少跟头，但是跌倒即马上起来，再跑再跌。它们的头撞在门上，桌腿上，和彼此的头上。撞疼了也不哭。

它们的胆子越来越大，逐渐开辟新的游戏场所。它们到院子里来了。院中的花草可遭了殃。它们在花盆里摔跤，抱着花枝打秋千，所过之处，枝折花落。你不肯责打它们，它们是那么生气勃勃，天真可爱呀。可是，你也爱花。这个矛盾就不易处理。

现在，还有新的问题呢：老鼠已差不多都被消灭了，猫还有什么用处呢？而且，猫既吃不着老鼠，就会想办法去偷捉鸡雏或小鸭什么的开开斋。这难道不是问题么？

在我的朋友里颇有些位爱猫的。不知他们注意到这些问题没有？记得二十年前在重庆住着的时候，那里的猫很珍贵，须花钱去买。在当时，那里的老鼠是那么猖狂，小猫反倒须放在笼子里养着，以免被老鼠吃掉。据说，目前在重庆已很不容易见到老鼠。那么，那里的猫呢？是不是已经不放在笼子里，还是根本不养猫了呢？这须打听一下，以备参考。

也记得三十年前，在一艘法国轮船上，我吃过一次猫肉。事前，我并不知道那是什么肉，因为不识法文，看不懂菜单。猫肉并不难吃，虽不甚香美，可也没什么怪味道。是不是该把猫都送往法国轮船上去呢？我很难作出决定。

猫的地位的确降低了，而且发生了些小问题。可是，我并不为猫的命运多耽什么心思。想想看吧，要不是灭鼠运动得到了很大的成功，消除了巨害，猫的威风怎会减少了呢？两相比较，灭鼠比爱猫更重要的多，不是吗？我想，世界上总会有那么一天，一切都机械化了，不是连驴马也会有点问题吗？可是，谁能因耽忧驴马没有事作而放弃了机械化呢？

母鸡

一向讨厌母鸡。不知怎样受了一点惊恐，听吧，它由前院嘎嘎到后院，由后院再嘎嘎到前院，没结没完，而并没有什么理由；讨厌！有的时候，它不这样乱叫，可是细声细气的，有什么心事似的，颤颤微微的，顺着墙根或沿着田坝，那么扯长了声如怨如诉，使人心中立刻结起个小疙瘩来。

它永远不反抗公鸡。可是，有时候却欺侮那最忠厚的鸭子。更可恶的是它遇到另一只母鸡的时候，它会下毒手，乘其不备，狠狠的咬一口，咬下一撮儿毛来。

到下蛋的时候，它差不多是发了狂，恨不能使全世界都知道它这点成绩；就是聋子也会被它吵得受不下去。

可是，现在我改变了心思！我看见了一只孵出一群小雏鸡的母鸡。

不论是在院里，还是在院外，它总是挺着脖儿，表示出世界上并没有可怕的东西。一个鸟儿飞过，或是什么东西响了一声，它立刻警戒起来：歪着头儿听；挺着身儿预备作战；看看前，看看后，咕咕的警告群雏要马上集合到它身边来！

当它发现了一点可吃的东西它咕咕的紧叫，啄一啄那个东西，马上便放下，教它的儿女吃。结果，每一只鸡雏的肚子都圆圆的下垂，像刚装了一两个汤圆儿似的，它自己却削瘦了许多。假若有别的大鸡来找食，它一定出击，把它们赶出老远；连大公鸡也怕它三分。

它教给鸡雏们啄食，掘地，用土洗澡；一天教多少多少次。它还半蹲着——我想这是相当劳累的——教它们挤在它的翅下，胸下，得一点温暖。它若伏在地上，鸡雏们有的便爬在它的背上，啄它的头或别的地方，它一声也不哼。

在夜间若有什么动静，它便放声号叫，顶尖锐，顶凄惨，使任何贪睡的人也得起来看看，是不是有了黄鼠狼。

它负责，慈爱，勇敢，辛苦，因为它有了一群鸡雏。它伟大，因为它是鸡母亲。一个母亲必定就是一位英雄！

我不敢再讨厌母鸡了！

英国人与猫狗

英国人爱花草，爱猫狗。由一个中国人看呢，爱花草是理之当然，自要有钱有势，种些花草几乎可与藏些图书相提并论，都是可以用"雅"字去形容的事。就是无钱无闲的，到了春天也免不掉花几个铜板买上一两小盆蝴蝶花什么的，或者把白菜脑袋塞在土中，到时候也会开上几朵小十字花儿。在诗里，赞美花草的地方要比讴颂美人的地方多得多，而梅兰竹菊等等都有一定的品格，仿佛比人还高洁可爱可敬，有点近乎一种什么神明似的在通俗的文艺里，讲到花神的地方也很不少，爱花的人每每在死后就被花仙迎到天上的植物园去，这点荒唐，荒唐得很可爱。虽然里边还是含着与敬财神就得元宝一样的实利念头，可到底显着另有股子劲儿，和财迷大有不同；我自己就不反对被花娘娘们接到天上去玩玩。

所以，看见英国人的爱花草，我们并不觉得奇怪，反倒是觉得有点惭愧，他们的花是那么多呀！在热闹的买卖街上，自然没有种花草的地方了，可是还能看到卖"花插"的女人，和许多鲜货花铺。稍讲究一些的饭铺酒馆自然要摆鲜花了。其他的铺户中也往往摆着一两瓶花，四五十岁的掌柜们在肩下插着一朵玫瑰或虞美人也是常有的事。赶到一走到住宅区，看吧，差不多家家有些花，园地不大，可收拾得怪好，这儿一片郁金香，那儿一片玫瑰，门道上还往往搭着木架，爬着那单片的蔷薇，开满了花，就和图画里似的。越到乡下越好看，草是那么绿，花是那么鲜，空气是那么香，一个中国人也有点惭愧了。五六月间，赶上晴暖的天，到乡下去走走，真是件有造化的事，处处都像公园。

　　一提到猫狗和其他的牲口，我们便不这么起劲了。中国学生往往给英国朋友送去一束鲜花，惹得他们非常欢喜。可是，也往往因为讨厌他们的猫狗而招得他们撅了嘴。中国人对于猫狗牛马，一般地说，是以"人为万物灵"为基础而直呼它们作畜类的。正人君子呢，看见有人爱动物，总不免说声"声色狗马，玩物丧志"。一般的中等人呢，养猫养狗原为捉老鼠与看家，并不须赏它们个好脸儿。那使着牲口的苦人呢，鞭子在手，急了就发威，又困于经济，它们的食水待遇活该得按着哑巴畜生办理，于是大概的说，中国的牲口实在有点倒霉；太监怀中的小巴狗，与阔寡妇椅子上的小白猫，自然是碰巧了的例外。畜类倒霉，已经看惯，所以法律上也没有什么规定；虐待丫头与媳妇本还正大光明，哑巴畜生自然更无处诉委屈去：黑驴告状也并没陈告它自己的事。再说，秦桧与曹操这辈子为人作歹，下辈便投胎猪狗，吃点哑巴亏才正合适。这样，就难怪我们觉得英国人对猫狗爱得有些过火了。说真的，他们确实有点过火；不过，要从猫狗自己看呢，也许就不这么说了吧？狗龁食人食，而有些人却没饭吃，自然也不能算是公平，但是普遍的有一种爱物的仁慈，也或者无碍于礼教吧？

英国人的爱动物，真可以说是普遍的。有人说，这是英国人的海贼本性还没有蜕净，所以总拿狗马当作朋友似的对待。据我看，这点贼性倒怪可爱；至少狗马是可以同情这句话的。无事可做的小姐与老太婆自然要弄条小狗玩玩了——对于这种小狗，无论它长得多么不顺眼，你可就是别说不可爱呀！——就是卖煤的煤黑子，与送牛奶的人，也都非常爱惜他们的马。你想不到拉煤车的马会那么驯顺、体面、干净。煤黑子本人远不如他的马漂亮，他好像是以他的马当作他的光荣。煤车被叫住了，无论是老幼男女，跟煤黑子耍过几句话，差不多总是以这匹马作中心。有的过去拍拍马脖子，有的过去吻一下，有的给拿出根胡萝卜来给它吃。他们看见一匹马就仿佛外婆看见外孙子似的，眼中能笑出一朵花儿来。英国人平常总是拉着长脸，像顶着一脑门子官司，假若你打算看看他们也有个善心，也和蔼可爱，请你注意当他们立在一匹马或拉着条狗的时候。每到春天，这些拉车的马也有比赛的机会。看吧，煤黑子弄了瓶擦铜油，一边走一边擦马身上的铜活呀。马鬃上也挂上彩子或用各色的绳儿梳上辫子，真是体面！这么看重他们的马，当然的在平日是不会给受气的，而且载重也有一定的限度，即使有狠心的人，法律也不许他任意欺侮牲口。想起北平的煤车，当雨天陷在泥中，煤黑子用支车棍往马身上楞，真要令人喊"生在礼仪之邦的马哟！"

猫在动物里算是最富独立性的了，它高兴呢就来趴在你怀中，啰哩啰嗦的不知道念着什么。它要是不高兴，任凭你说什么，它也不搭理。可是，英国人家里的猫并不因此而少受一些优待。早晚他们还是给它鱼吃，牛奶喝，到家主旅行去的时候，还要把它寄放到"托猫所"去，花不少的钱去喂养着；赶到旅行回来，便急忙把猫接回来，乖乖宝贝的叫着。及至老猫不吃饭，或小猫摔了腿，便找医生去拔牙、接腿，一家子都忙乱着，仿佛有了什么了不得的事。

狗呢，就更不用说，天生来的会讨人喜欢，作走狗，自然会吃好的喝好的。小哈巴狗们，在冬天，得穿上背心；出门时，得抱着；临睡的时候，还得吃块糖。电影院、戏馆，禁止狗们出入，可是这种小狗会"走私"，趴在老太婆的袖里或衣中，便也去看电影听戏，有时候一高兴便叫几声，招得老太婆头上冒汗。大狗虽不这么娇，可也很过得去。脚上偶一不慎粘上一点路上的柏油，便立刻到狗医院去给套上一只小靴子，伤风咳嗽也须吃药，事儿多了去啦。可是，它们也真是可爱，有的会送小儿去上学，有的会给主人叼着东西，有的会耍几套玩意；白天不咬人，晚上可挺厉害。你得听英国人们去说狗的故事，那比人类的历史还热闹有趣。人家、猎户、军队、警察所、牧羊人，都养狗，都爱狗。狗种也真多，大的、小的、宽的、细的、长毛的、短毛的，每种都有一定的尺寸，一定的长度，买来的时候还带着家谱，理直气壮，一点不含糊！那真正入谱的，身价往往值一千镑钱！

年年各处都有赛猫会、赛狗会。参与比赛的猫狗自然必定都有些来历，就是那没资格入会的也都肥胖、精神。这就不能不想起中国的狗了，在北平、在天津，在许多大城里，去看看那些狗，天下最丑的东西！骨瘦如柴，一天到晚连尾巴也不敢撅起来一回，太可怜了！人还没有饭吃，似乎不必先为狗发愁吧，那么，我只好替它们祷告，下辈子不要再投胎到这儿来了！

　　简直没有一个英国人不爱马。那些专作赛马用的，不用说了，自然是老有许多人伺候着；就是那平常的马，无论是拉车的，还是耕地的，也都很体面。有一张卡通，记得，画的是"马之将来"：将来的军队有飞机坦克车去冲杀陷阵，马队自然要消灭了；将来的运输与车辆也用不着骡马们去拖拉，于是马怎么办呢？这张卡通——英国人画的——上说，它们就变成了猫狗：客厅里该趴着猫，将来是趴着匹马；老太婆上街该拉着狗，将来便牵着匹骡子。这未必成为事实，可是足见他们是怎样的舍不得骡马了。

　　除了猫狗骡马，他们对于牛羊鸡猪也都很爱惜，这是要到乡间才可以看见的。有一回到乡间去看了朋友，他的祖父是个农夫，养着许多猪与鸡。老人的鸡都有名字，叫哪个，哪个就跑来。老人最得意的是他的那些肥猪，真是干净可爱。可是，有一天下了雨，肥猪们都下了泥塘，弄得满身是稀泥；把老人差点气坏了。总而言之，他们对牲口们是尽到力量去爱护，即使是为杀了吃肉的，反正在它们活着的时候总不受委屈。中国有许多人提倡吃素禁屠，可是往往寺院里放生的牲口皮包不住骨，别处的畜类就更不必说了。好死不如赖活着，是我们特有的哲学，可也真够残忍的。

对于鱼鸟鸽虫，英国人不如我们会养会玩，养这些玩艺的也就很少。卖猫狗的铺子里不错也卖鹦鹉、小兔、小龟和碧玉鸟什么的，可是养鸟的并不懂教给它们怎样叫成套数。据说，他们在老年间也斗鸡斗鹌鹑，现在已被禁止，因为太残忍。我们似乎也该把斗蟋蟀什么的禁止了吧？也不是怎么的，我总以为小时候爱斗蟋蟀，长大也必爱去看枪毙人；没有实地的测验过，此说或不能成立；再说，或许是一点妇人之仁，根本要不得呢。

落花生

我是个谦卑的人。但是，口袋里装上四个铜板的落花生，一边走一边吃，我开始觉得比秦始皇还骄傲。假若有人问我："你要是作了皇上，你怎么享受呢？"简直的不必思索，我就答得出："派四个大臣拿着两块钱的铜子，爱买多少花生吃就买多少！"

什么东西都有个幸与不幸。不知道为什么瓜子比花生的名气大。你说，凭良心说，瓜子有什么吃头？它夹你的舌头，塞你的牙，激起你的怒气——因为一咬就碎；就是幸而没碎，也不过是那么小小的一片，不解饿，没味道，劳民伤财，布尔乔亚！你看落花生：大大方方的，浅白麻子，细腰，曲线美。这还只是看外貌。弄开看：一胎儿两个或者三个粉红的胖小子。脱去粉红的衫儿，象牙色的豆瓣一对对的抱着，上边儿还结着吻。那个光滑，那个水灵，那个香喷喷的，碰到牙上那个干松酥软！白嘴吃也好，就酒喝也好，放在舌上当槟榔含着也好。写文章的时候，三四个花生可以代替一支香烟，而且有益无损。

种类还多呢：大花生，小花生，大花生米，小花生米，糖馇的，炒的，煮的，炸的，各有各的风味，而都好吃。下雨阴天，煮上些小花生，放点盐；来四两玫瑰露；够作好几首诗的。瓜子可给诗的灵感？冬夜，早早的躺在被窝里，看着《水浒》，枕旁放着些花生米；花生米的香味，在舌上，在鼻尖；被窝里的暖气，武松打虎……这便是天国！冬天在路上，刮着冷风，或下着雪，袋里有些花生使你心中有了主儿。掏出一个来，剥了，慌忙往口中送，闭着嘴嚼，风或雪立刻不那么厉害了。况且，一个二十岁以上的人肯神仙似的，无忧无虑的，随随便便的，在街上一边走一边吃花生，这个人将来要是作了宰相或度支部尚书，他是不会有官僚气与贪财的。他若是作了皇上，必是朴俭温和直爽天真的一位皇上，没错。吃瓜子的照例不在街上走着吃，所以我不给他保这个险。

至于家中要是有小孩儿，花生简直比什么也重要。不但可以吃，而且能拿它们玩。夹在耳唇上当环子，几个小姑娘就能办很大的一回喜事。小男孩若找不着玻璃球儿，花生也可以当弹儿。玩法还多着呢。玩了之后，剥开再吃，也还不脏。两个大子儿的花生可以玩半天；给他们些瓜子试试。

论样子，论味道，栗子其实满有势派儿。可是它没有落花生那点家常的"自己"劲儿。栗子跟人没有交情，仿佛是。核桃也不行，榛子就更显着疏远。落花生在哪里都有人缘，自天子以至庶人都跟它是朋友；这不容易。

在英国，花生叫作"猴豆"——Monkey nuts。人们到动物园去才带上一包，去喂猴子。花生在这个国里真不算很光荣，可是我亲眼看见去喂猴子的人——小孩就更不用提了——

偷偷的也往自己口中送这猴豆。花生和苹果好像一样的有点魔力，假如你知道苹果的典故；我这儿确是用着典故。

美国吃花生的不限于猴子。我记得有位美国姑娘，在到中国来的时候，把几只皮箱的空处都填满了花生，大概凑起来总够十来斤吧，怕是到中国吃不着这种宝物。美国姑娘都这样重看花生，可见它确是有价值；按照哥伦比亚的哲学博士的辩证法看，这当然没有误儿。

花生大概还跟婚礼有点关系，一时我可想不起来是怎么个办法了；不是新娘子在轿里吃花生，不是；反正是什么什么春吧——你可晓得这个典故？其实花轿里真放上一包花生米，新娘子未必不一边落泪一边嚼着。

西红柿

所谓番茄炒虾仁的番茄，在北平原叫作西红柿，在山东各处则名为洋柿子，或红柿子。想当年我还梳小辫，系红头绳的时候，西红柿还没有番茄这点威风。它的价值，在那不文明的时代，不过与"赤包儿"相等，给小孩儿们拿着玩玩而已。大家作"娶姑娘扮姐姐"玩耍的时节，要在小板凳上摆起几个红胖发亮的西红柿，当作喜筵，实在漂亮。可是，它的价值只是这么点，而且连这一点还不十分稳定，至于在大小饭铺里，它是完全没有份儿的。这种东西，特别是在叶子上，有些不得人心的臭味——按北平的话说，这叫作"青气味儿"。所谓"青气味儿"，就是草木发出来的那种不好闻的味道，如楮树叶儿和一些青草，都是有此气味的。可怜的西红柿，果实是那么鲜丽，而被这个味儿给累住，像个有狐臭的美人。不要说是吃，就是当"花儿"看，它也是没有"凉水茄"，"番椒"等那种可以与美人蕉，翠雀儿等草花同在街上售卖的资格。小孩儿拿它玩耍，仿佛也是出于不得已；这种玩艺儿好玩不好吃，不像落花生或枣子那样可以"吃玩两便"。其实呢，西红柿的味道并不像它的叶子那么臭恶，而且不比臭豆腐难吃，可是那股青气味儿到底要了它的命。除了这点味道，恐怕它的失败在于它那点四不像的劲儿：拿它当果子看待，它甜不如果，脆不如瓜；拿它当菜吃，煮熟之后屁味没有，稀松一堆，没点"嚼头"；它最宜生吃，可是那股味儿，不果不瓜不菜，亦可以休矣！

西红柿转运是在近些年，"番茄"居然上了菜单，由英法大菜馆而渐渐侵入中国饭铺，连山东馆子也要报一报"番茄虾银（仁）儿"！文化的侵略哟，门牙也挡不住呀！可是细一看呢，饭馆里的番茄这个与那个，大概都是加上了点番茄汁儿，粉红怪可看，且不难吃；至于整个的鲜番茄，还没多少人肯大嘴的啃。肯生吞它的，或者还得算留过洋的人们和他们的儿女，到底他们的洋味地道些。近来西医宣传西红柿里含有维他命 A 至 W，可是必须生吃，这倒有点别扭。不过呢，国人是最注意延年益寿，滋阴补肾的东西，或者这点青气味儿也不难于习惯下来的；假如国医再给证明一下：番茄加鹿茸可以壮阳种子，我想它的前途正自未可限量咧。

再谈西红柿

　　因为字数的限制，上期讲西红柿未能讲到"人生于世"，或西红柿与二次世界大战的关系，故须再谈。不过呢，这次还是有字数的限制，能否把西红柿与人生于世二者之间的"然而一大转"转过来，还没十分的把握。由再谈而三谈也是很可能的，文章必须"作"也。这次"再谈"，顶好先定妥范围，以便思想集中，而免贪多嚼不烂，"人生于世"且到后帐歇息为妙。

　　《避暑录话》里的话，本当于青岛有关系；再谈西红柿少不得"人生于青岛"，即使暂时不谈"人生于世"。话不落空，即是范围妥定，文章义法不能不讲究。

　　青岛是富有洋味的地方，洋人洋房洋服洋药洋葱洋蒜，一应俱全。海边上看洋光眼子，亦甚写意。这就应当来到西红柿身上，此洋菜也。

　　记得前些年，北平的"农事试验场"——种了不少西红柿；每当夏季，天天早晨大挑子的往东城挑，为是卖给东交民巷一带等处的洋人，据说是很赚钱。青岛的洋人既不少，而且洋派的中国人也甚多，这就难怪到处看见西红柿。设若以这种"菜"的量数测定欧化的程度深浅，青岛当然远胜于北平。由这个线索往下看，青岛的菜市就显出与众不同，西红柿而外，还有许多洋玩艺儿呢。这些洋东西之中，像洋樱桃，杨梅等，自然已经不很刺眼，正如冰激凌已不像前些年那样冰舌头。至于什么 rhubarb[1] 咧，什么 gooseberry[2] 咧，和冬瓜茄子一块儿摆着，不知怎的就有点不得劲儿。我还没看见过中国人买它们，也不晓得它们是否有个中国名儿，cheese[3] 也是常见的，那点洋臭味儿又非西红柿可比。可是，我倒看见了中国人——决不是洋厨师傅——买它，足见欧美的臭东西也便可贵——价钱并不贱呢。吃洋臭豆腐而鄙视山东瓜子与大蒜的人，大概也会不在少数，这年头儿，设若非洋化不足以强国，从饮食上，我倒得拥护西红柿，一来是味邪而不臭，二来是一毛钱可以买一堆，三来是真有养分，虽洋化而不受洋罪。烙饼卷 cheese，哼，请吧；油条小米粥，好吃的多！您就是说我不够洋派，我也不敢挑眼。

---

　　[1]　现通译为菜用大黄叶梗。

　　[2]　现通译为醋栗。

　　[3]　现通译为奶酪。

筷子

我听说过这样的一个笑话：有一位欧洲人，从书本上得到一点关于中国的知识。他知道中国人吃饭用筷子。有人问他：怎样用筷子呢？他回答：一手拿一根。

这是个可以原谅的错误。想象根据着经验。以一手持刀，一手持叉的经验来想象用筷子的方法，岂不是合理的错误么？

一点知识，最足误事。民族间的误会与冲突虽然有许多原因，可是彼此不相认识恐怕是重要的原因之一。筷子的问题并不很大，可是一手拿一根的说法，便近乎造谣。造谣就可以生事，而天下乱矣。据说：到今天为止，日本人还有相信中日之战是起于中国人乱杀日侨的呢。

还是以筷子来说吧。在一本西洋人写的关于中国的小说里有这么一段：一位西洋太太来到中国——当然是住在上海喽，她雇了一位中国厨师傅，没有三天，她把厨子辞掉了，因为他用筷子夹汤里的肉来尝着！在这里，筷子成了肮脏，野蛮的象征。

筷子多么冤枉！人类的不求相知，不肯相知，筷子受了侮辱。

自然，天下还有许多比筷子大着许多倍的事。可痛心的是天下有许多人知道这些事！牛羊知道的事很少，所以它们会被一个小儿牵着进屠场中。看吧，希特勒与墨索里尼曾把多少"人"赶到屠场去呀！

因此，我想，文化的宣传才是真正的建设的宣传，因为它会使人互相了解，互相尊敬，而后能互相帮忙。不由文化入手，而只为目前的某人某事作宣传，那就恐怕又落个一手拿一根筷子吧。

兔儿爷

我好静，故怕旅行。自然，到过的地方就不多了。到的地方少，看的东西自然也就少。就是对于兔儿爷这玩艺也没有看过多少种。

稍为熟习的只有北方几座城：北平，天津，济南，和青岛。在这四个名城里，一到中秋，街上便摆出兔儿爷来——就是山东人称为兔子王的泥人。兔儿爷或兔子王都是泥作的。兔脸人身，有的背后还插上纸旗，头上罩着纸伞。种类多，作工细，要算北平。山东的兔子王样式既少，手工也很糙。

泥人本有多种，可是因为不结实，所以作得都不太精细；给小儿女买玩艺儿，谁也不愿多花钱买一碰即碎的呀。兔儿爷虽也系泥人，但售出的时间只在八月节前的半个月左右，与月饼同为迎时当令的东西，故不妨作得精细一些。况且小儿女们每愿给兔儿爷上供，置之桌上，不像对待别种泥娃娃那么随便，于是也就略为减少碰碎的危险。这样，兔儿爷便获得较优越的地位，而能每年一度很漂亮的出现于街头。

中秋又到了，北平等处的兔儿爷怎样呢？

我可以想象到：那些粉脸彩衣，插旗打伞的泥人们一定还是一行行的摆在街头，为暴敌粉饰升平啊！

听说敌人这些日子，正在北平大量的焚书，几乎凡不是木板的图书都可以遭到被投入火里的厄运。学校里，人家里，都没有了书，而街头上到处摆出兔儿爷，多么好的一种布置呢！暴敌要的是傀儡呀！

友人来信，说平津大雨，连韭菜都卖到三吊钱（与重庆的"吊"同值）一束，粗粮也卖到一毛多一斤。谁还买得起兔儿爷呢？大概也就是在市上摆几天，给大家热闹热闹眼睛吧？

因而就想到那些高等汉奸，到时候，他们就必出来。正如桂花一开，兔子王便上市。他们的脸很体面，油光水滑的，只可惜鼻下有个三瓣子嘴，而头上有一对长耳朵。他们的身上也花花绿绿，足下登起粉底高靴。身腔里可是空空的，脊背有个泥团儿，为插旗伞之用；旗伞都是纸作的。他们多体面，多空虚，多没有心肝呢！他们唯一的好处似乎只在有两个泥膝，跪下很方便。

兔儿爷怕遇上淘气的孩子，左搬右弄，它脸上的粉，身上的彩，便被弄污；不幸而孩子一失手，全身便变成若干小片片了。孩子并不十分伤心，有钱便能再买一个呀。幸而支持过了中秋，并未粉碎；可又时节已过，谁还有心玩兔子王呢？最聪明的傀儡也不过是些小土片呀！那些带活气的兔子王，越漂亮，我就越替他们担心；小日本鬼子不但淘气，而且是世上最凶狠的孩子啊。兔子王的寿命无论如何过不去中秋，我真想为那些粉墨登场的傀儡们落泪了。

抗战建国须凭真实本领与浩然正气，只能迎时当令充兔子王的，不作汉奸，也是废物。那么，我们不仅当北望平津，似乎也当自省一下吧？

檀香扇

中华民族是好是坏，一言难尽，顶好不提。我们"老"，这说着似乎不至有人挑眼，而且在事实上也许是正确的。科学家在中国不大容易找饭吃，科学家的话也每每招咱们头疼；因此，我自幸不是个科学家，也不爱说带定律味儿的话。"革命"就是"劫数"，美国总统也请人相面，说着都另有股子劲儿，和包文正《打龙袍》一样能讨咱们喜欢。谈到民族老不老的问题，自然也不便刨根问底，最好先点头咂嘴，横打鼻梁："我们老得多；你们是孙子！"于是，即使祖父被孙子揍了，到底孙子是年幼无知；爽性来个宽宏大量，连忤逆也不去告。这叫作"劲儿"。明白这点劲儿，莫谈国事乃更见通达。

您就拿看电影说吧，总得算洋派儿。可是赶上邻座是洋人，您就觉得有点不得劲；洋派儿和洋人到底是两回事，无论您的洋服多么讲究，反正赶不上洋人地道。您有点气馁，不是不能不设法捧自己的场，于是您就那么一比较：啊，原来洋人身上，甚至于连手上，都有长长的毛；有时候洋人老太太带着小胡子嘴儿。野人。那么也就是孙子了。您吐一口气，摸摸自己的手，光润无毛，文明得厉害。

夏天到电影院去，更怕遇见"洋"她们。她们穿得很少很薄，白白的脖儿，胖胖的臂，原有个看头儿。可是您的鼻子受了委屈，香水味里裹着一股像臭豆腐加汽水的味儿，又臭又辣，使您恶心。不论好莱坞的女明星怎么美妙，您从此大概不会再想娶洋姨太太。民族老幼不可同日而语，香臭也会使人们决定"东是东，西是西"，没法儿调和，只好掩鼻而过。

"铁展"救了我一命。那天我去看《块肉余生》，左边坐着位重三百磅的洋太太，右边坐着三位洋姑娘——体重差一些，可是三位呢。左右逢源，自制的氯气阵阵加紧。我知道是要坏；我不能堵上鼻看电影：堵得太严，满有死去的希望；不堵呢，大概比死去还难受，感谢"铁展"！我手中拿着前一天刚买来的檀香扇！看完电影，我念念有词，作了两句标语：

"老民族是香的！中华万岁！"

"檀香扇打倒帝国主义！"